名句に学ぶ
川柳うたのこころ

斎藤　大雄
Saito Daiyu

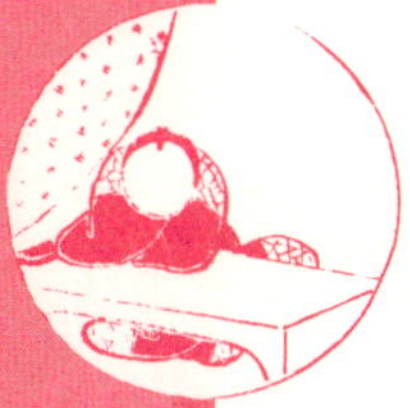

新葉館ブックス

はじめに

北海道新聞に「川柳・うたの心」と題して連載をはじめたのは二〇〇〇年（平成十二年）九月四日のことである。私の前は歌人の塚本邦雄氏が「ことばの心」と題して連載を続けていた。その回数は定かではないがかなり長期にわたって連載していたと思う。その後をうけての連載である。しかも川柳全般についてをテーマとしたものなので、大衆へ川柳を普及する絶好のチャンスと喜んだしだいである。

その狙いの一つに、まず川柳全般についてを紹介していこうと思った。それには古川柳から伝統川柳、現代川柳、そして革新川柳にいたるまで網羅することにした。しかし、読者は大衆なので、できるだけ理解し易い句、大衆に溶け込んだ句、人間愛に満ちた句などを執筆ベースにおいた。その中から川柳とは特定の専門家が趣味で作っているのでもなく、川柳を文学として気負っているものでもなく、ただ、日常生活の中から生れてきた人間愛そのものであることを再認識してもらおうと思って執筆にかかった。

その中で心がけなければならないことは出典を明確にしなければならないことと、出生、没年をできるだけ記録することなど辞典的要素も含めてとりかかった。これは至難の技で、苦労の連続であった。没年は川柳誌で取上げているが、生年月日、出生地、その上、句の出典となると原稿を書く何倍もの調査時間が必要であった。たった四〇〇字の原稿であるが、執筆するまでの調査時間には想像を絶する時間がかかったのである。

この連載は年代別に、また項目別に分類して書いたものではなく、気の向くまま、また資料の揃ったもの、また読者に飽きられないために現代川柳、革新川柳などを織り成して執筆していった。今回それを出版するにあたって、心の動きとして捉え「名句に学ぶ川柳うたのこころ」としてまとめてくれたのである。

この本が川柳人だけのものではなく、一般の人々がパラパラとめくっていただき、その中の一句を読んでいただき、川柳を再認識していただければこの上ない喜びとするものである。

二〇〇四年（平成十六年）五月、ゴールデンウイークの雨の日

詩碧洞にて

斎藤大雄

名句に学ぶ川柳うたのこころ ■ 目次

川柳うたのこころ

凡例

・句の掲載については、句・作者・出典の順に記した。

・古川柳は『誹風柳多留』『柳多留拾遺』から抜粋し、一部現代かな遣いに改めた。

なお、「柳二一・35」とは「誹風柳多留」第二一編第三十五丁、「拾三13」とは「柳多留拾遺」第三編第十三丁を示す。

川柳の中の愛

Ai

いてほしい人を返した朝の雪

笹本　英子

（句集「土」）

笹本は、溝上泰子著「日本の底辺」（未来社刊）のモデルに登場。その一生は厳しかったという。〈青春をたのしむ如く嫁き遅れ〉と詠ったように、二十七歳で結婚生活に入った。〈思い立つ秋に女の一人旅〉という気楽な大阪での暮らしから、農家での結婚生活は地獄絵図のようだった。いっときに三人が精神異常になった家族、戦争の厳しいときの農耕。それでも〈国難へわがかなしみは露に似る〉と膝を正し、〈夫病んで男まさりはものさびし〉と詠い続けている。

この句は、一九六三年（昭和三十八年）の晩年の作品。去っていく友の足跡へ、呼び止めたい衝動を抑え続けていたのである。

もう一度逢いたい人は故郷にいず

亀井花童子
（句集「ねぶた雛」）

一九一八年（大正七年）、函館に渡島《おしま》川柳社を創立、「忍路《おしょろ》」を創刊、函館柳界の礎石を築く。私財を投じて関東・関西の著名川柳人を招聘し、北海道柳界へ新風を送る。現在函館川柳社では遺徳を称え「花童子賞」を制定している。

この作品は、故郷を思う心を巧みに表現したもので、「逢いたい人」は読者がそれぞれ思い起こせばよい。恋人か、親友か、喧嘩友だちか、初恋の人か…そこに川柳の楽しさがある。

父さんかなと破れから子が覗き

倖せだなあと二等車を覗き

函館駅前の大地主の御曹司として生まれたが句は庶民的であった。

帯をとくふるい雪崩がよみがえる

前田芙巳代
（句集「しずく花」）

情念川柳作家の第一人者。女性川柳が人間をテーマとした短詩であることは一般の川柳とは変わりがないが、句に秘められている女の物語は、男性の世界とは異なる。女性の持つ繊細で緻密な感情は、十七音字に刻んだ人間のドラマであるといえよう。

女性の帯には情念が宿ると言われている。帯をきりりと締めることによって内に秘めた情念を眠らせている。その帯を独りで解いていく姿が絵になっているばかりでなく、心の動き、苦しみ、悶えが描かれている。

従来の川柳のような笑い、風刺、穿ちといったものはないが、女のかおりをただよわせている。昭和四十年代の作。

逢う明日十本の指十の爪

時実　新子
（句集「月の子」）

現代女性川柳家の第一人者。一九六三年（昭和三十八年）句集「新子」を発刊。川柳界にセンセーションを巻き起こした。この句集によって女性川柳が大きく変わり、女が女を詠う川柳へと転換していった。

この句は〝自己愛〟と〝心情愛〟を絡ませた逢瀬の心理的動きを描いている。「十本の指」は抱擁のための指であり、「十の爪」は憎しみのための爪である。それは愛をいつでも憎しみに変えることの出来ることを詠っている。

このように〝心情愛〟は、いまや女性川柳の分野のなかで広く、そして深く詠われるようになってきた。

死に切って嬉しそうなる顔二つ

古川柳（柳初・24）

江戸時代、心中はご法度であった。かといって、ただならぬ恋は、なお許せることではなかった。どちらかを選ぶとしたら恋の道行きを選ぶであろう。この句の前句は「むつまじい事〳〵」である。

帯でしっかりと結び合い、そして入水自殺をした男と女。その水死体、それを検死にきた役人と岡っ引き、そして野次馬たち。みんな成し遂げた恋を喜び、あの世での幸せを願っているのである。

心中はほめてやるのが手向けなり　　古川柳（柳四・14）

川柳の底に流れているものは、人間愛そのものであると言えよう。

泣く時の櫛は炬燵を越して落ち

古川柳（柳二・14）

女の悲しさを素晴らしい情景描写で詠った句といえよう。ひとつの動作、仕種、現象といったものは、ややもすると見過ごしてしまうのが日常生活である。それをこの作者は的確に捉え、ひとつの言葉の無駄もなく表現している。そして女の悲しさの深さまでを詠っている。江戸中期の作。

女の〝櫛〟には情念が宿るといわれている。その情念が女の肉体から離れたのであるから、魂も離れていったことを意味している。この句の前句は「むごい事かな〳〵」という題で作られたものである。

子を産まぬ約束で逢う雪しきり

森中恵美子
（句集「水たまり」）

大阪の川柳「番傘」の代表的作家。また川柳界きっての花形女流作家でもある。そして今なお独身を通している現代川柳人でもある。

「子を産まぬ」とは一緒に寝ないことを意味している。その相手は、妻子のいることを句の裏で物語っている。「雪しきり」とは心の中に降る雪のことで、悲しさを表現している。昭和四十年頃の作。そのほか次のような句もある。

妻が病むひとと親しき道をゆく

解ってる答えを男から貰う

現代川柳界では、女性川柳の台頭が目覚しい。それだけに川柳作品の内容が大きく変わってきている。第三者的目から自分の世界を描くようになってきた。

雪の夜炎が生まれ石が生まれ

渡辺　裕子
（句集「雪の紋」）

北海道には風土川柳作家が多い。この句は斜里郡清里町に住む北の女の激しさと悲しさを捉えた作品である。一九九〇年（平成二年）頃の作。

この世に生まれて一年のうちにマイナス十何度という厳寒のなかで生きていくのが北に住む人間の肉体である。血液が体液が大脳が厳寒と対峙して生きていかなければならない。そこから風土川柳が生まれてくる。

この句は、肉体から生まれる炎は、消さなければ狂ってしまう。しかし、その炎を炎の形として燃えることのできない石にしたいのである。石として心の中にいつまでも持っていたいのである。女の情念を捉えた作品。

母の名は親仁の腕にしなびて居

古川柳
（柳二・1）

この句の前句がふるっている。「命なりけり〳〵」である。一七六七年（明和四年）頃の作。我が命として愛し、恋し、そして嫁に来てもらった。その愛は永遠に変わることのない証として二の腕に母親の名を彫り、その名の下に命と彫ったのである。相思相愛が結ばれ、子宝にも恵まれ、幸せな夫婦生活を想像してあげるのも楽しい。

しかし、寄る年波には勝てず、筋肉隆々だった父の腕も萎びてしまい、そこに母の名が申し訳なさそうについている。その間の人生を句の裏で語っているのである。

現代っ子に男の恋の心意気を見せてあげたいような句でもある。

抱いた子にたたかせてみる惚れた人

古川柳
（柳初・31）

一七六五年（明和二年）頃の作。「惚れた人」とあるので、娘ざかりの、はにかみの若い女であることがわかる。前句は「能くめんなり〳〵」で、娘は、男に面と向かうと恥ずかしくてものが言えない状態を、子が取り持っていることを詠っている。

この子は、隣りの子か、甥か姪であろう。抱き上げるくらいなのであどけない二つか三つかも知れない。しかし、この子が恋を取り持ってくれているのである。似た句に〈子を抱けば男にものが言ひやすし〉がある。

現代っ娘には、まどろっこしく見えるであろうが、本当に惚れた人ならおもはゆくなるのは今も昔も変わりが無い。

書きすぎぬように大事なひとに書く

八木　千代
（句集「椿守」）

私の子供の頃、福知山線の汽車は冬になると客車の屋根に雪を載せて大阪へ走っていた。

米子機関区に属する記号の米の字が、黒い機関車の腹に浮いていたのを覚えている。作者は米子で一九二四年（大正十三年）呱呱の声を挙げた。一九六四年（昭和三十九年）川柳を始める。後に、大阪の「川柳塔」を舞台に活躍する。

この作品は、一九九七年（平成九年）頃の作。〃七十という節目にさしかかった頃から、川柳さんが好きで好きでたまらなく〃と言っているように、きっと好きな人への思いやりが句となって現われたのであろう。相手を思えば思うほど控えめになる情熱、女性でなければ詠うことのできない心を描いている。

神経にぴたりと触れた舌の尖き

三笠しづ子
（川柳誌「氷原」）

この作品は、一九二九年（昭和四年）二月、新興川柳誌「氷原」（復活号）の「氷原創作」欄に発表。七句のうちの最初の句。井上信子とともに現代女性川柳のルーツ的存在。恋愛川柳として、当時の男性作家、特に新興川柳人の注目をあびる。

主宰の田中五呂八は悪魔的な眼と、無常観的な詩と、人間的な恋愛詩であると指摘している。現代川柳における女性作家の台頭を思うとき、社会環境の異なった昭和初期に、すでにこのような作品が発表になっていたことに驚異を感じる。

本名・丸山貞子。一八八二年（明治十五年）生まれ。一九三二年（昭和七年）没。享年五十。

寝ころべば女マフラを膝へ置き

伊志田孝三郎
（句文集「待人居」）

関東大震災の折に、母と弟妹の三人の肉親を失った。その後妻帯して名古屋に永住したが、病身の妻をも失い、孤独の身を川柳と共に生き抜いた。句文集の「待人居」とは川柳における待人居のことで〝新人よ出でよ、より偉大なる柳人出でよ、この念願の必ず成就するであろうとの望をかけてのこと〟とある。
一八九六年（明治二十九年）東京都生まれ。早稲田大学在学中に白石張六《しらいしちょうろく》主宰の紅クラブ同人となる。一時、川柳を中断したが昭和九年に復活、東京の高須《たかす》唖三味《あざみ》、山川花恋坊《やまかわかれんぼう》、品川陣居《しながわじんきょ》らと親交を持つ。一九七二年（昭和四十七年）逝去。享年七十六。この句は、夫婦ではない微妙な愛の仕種を巧みに表現している。「マフラ」という小道具が季節と場所と人間の姿を飽くことなく詠い尽くしている。

晩酌へ妻が見つけた蕗の薹

福田案山子
（福田案山子句集「蕗の薹」）

案山子の作品を見ると、「代筆の妻につけたい二重丸」「幸せは妻と語らう夜の猪口」など夫婦愛の句が湧いてくる。句集「白い杖」に続いての第二句集。

一九二四年（大正十三年）埼玉県・大田村生まれ。本名・守夫。十二歳のときスポーツ事故の為に失明。昭和三十四、五年頃から川柳を始め一九六四年（昭和三十九年）、六ッ星川柳会を設立、主幹となる。その他、東京ヘレン・ケラー協会「点字ジャーナル」川柳教室講師などを歴任。〃川柳は、私の恋人〃と言わしめるほど生涯をかけて川柳に没頭。そして〃俳句の美に対して、川柳は愛です〃と言いつづけて、愛の句が何処からでも流れてくる。そしてだんだんと艶が増してきた。この作品は一九九三年（平成五年）作。

背を向けて寝ても夫婦の同じ距離

渡邊　蓮夫
（「川柳研究」追悼号）

晩年の蓮夫のトレードマークは黒光りした木製のパイプと黒いベレー帽であった。旅の宿で川柳人が集まり、柳論を闘わしている時、一言も口を挟まずパイプからふんわりと吐き出したタバコの煙で柳論を包んでいた。仕事は深夜型なので夜はいつまでも付合ってくれた。頑固でそして人懐こい性格が愛されていた。この句は、夫婦愛というものを語らずして語ってくれている。一九一九年（大正八年）東京都・小石川生まれ。一九四二年（昭和十七年）に川柳研究社に入会。一九七六年（昭和五十一年）から川柳研究社の代表となる。一九九二年（平成四年）木杯を叙勲。一九九八年（平成十年）逝去。享年七十八。〈人を恋う人が集まる冬の酒〉の句碑が群馬県大田市にある。

夜も更けた街を男のおんな傘

永田　帆船

（「永田帆船句集」）

日本川柳協会常任理事、大阪川柳人クラブ副会長、豊中川柳会会長、千里川柳会会長、NHK川柳教室講師という肩書の前に、日本川柳協会事務局長であったことを忘れてはいけない。法人化する前の事務局長は期待される反面、全国からの苦情を一手に引き受けなければならなかった。今日の日川協を思うとき、忘れてはいけない川柳人である。

一九一四年（大正三年）生まれ。「川柳文学」を経て「昭和川柳」に所属。川柳評論家としても健筆をふるった。一九九六年（平成八年）逝去。享年八十二。

この句、夜遅くまで女性の家にいたことを物語っている。女傘をさして夜道を一人歩く男性。晩年の作だけに、その想いは深い。帆船の一面が伺われる。

徹夜だと聞けばこっちも遅う寝る

伊藤　定子
（句集「途上」）

川柳「ふぁうすと」のおしどり夫婦としてその名を関西柳界に知らしめた勢火《せいか》・定子である。この句集「途上」は二人集である。勢火は国鉄の電気通信の仕事をしていた。句集のあとがきに「夫は日常の仕事とは別に大きな事故や台風による災害等で、幾度か昼夜を問わず現場にはせ、一刻も早く復旧するよう懸命に働いたこともありました」とある。夫婦愛とはこの句のことを言うのではないだろうか。体から滲み出た作品と言えよう。

一九一八年（大正七年）兵庫県・神戸市生まれ。一九四二年（昭和十七年）伊藤勢火と結婚。一九三五年（昭和十年）神戸三越川柳会に入会して川柳を始める。一九七七年（昭和五十二年）句集「平城」刊。一九九九年（平成十一年）逝去。

正すべき膝かも知れぬ妻を抱く

篠崎堅太郎
（句集「甦る野火」）

〝句を清書する作業に想い出ばかりが募り、あなたとの出逢った頃の事から、別れの時までが走馬灯のように駆け巡り、幾度となくペンが止まりつらい時間を過しました。短い夫婦生活でありましたが、二人の娘と川柳という遺産を残して頂き第二の人生に向けて、羽ばたいていけそうです〟。紀子夫人の後書き。

一九四〇年（昭和十五年）埼玉県生まれ。十五歳の頃より川柳を新聞雑誌に投句。後「さいたま」同人となり、清水美江《びこう》に師事。川上三太郎に出遭い川柳の虜になる。また三太郎も大いに期待する。一九七八年（昭和五十三年）埼玉川柳社代表となる。一九八九年（平成元年）肝不全のため逝去。享年四十九。

この句は紀子夫人の内助の功を称えて余りある。

女文字きれいに妬いているかしこ

田中　好啓
（遺句集「好啓」）

顎を引いた引き締まった顔は能楽師の顔である。多趣味の中での能楽はプロ肌級であったという。〈小面にさくら散らして酔いまろき〉〈もがり笛平家の落ちし沖を見る〉など謡曲にちなんだ句も多い。一九一三年（大正二年）京都府・福知山市生まれ。十代の頃から川柳の道に入る。その後福知山川柳会を知り川柳界へ。そして「ふあうすと」「番傘」「川柳雑誌」などに投句。戦後、神戸の川鉄川柳会を中心に活躍した。一九九八年咽喉ガンのため逝去。享年八十六。

この句は、女のしとやかさの中の激しさを巧みに表現している。まさしく能舞台を舞っているように、静の中の動が描かれている。川柳に幽玄の世界を描くことができるのであれば、この句に優るものはないだろう。

愛咬の果の花梨酒口縛る

西　山茶花

（句集「さざんか曼陀羅」）

闘病生活の時、隣室にいた戸田喜楽《とだきらく》に強引に誘われた川柳の道、それが生涯の道連れとなるとは夢にも思わなかった、とあとがきで回顧している。そして「川柳は美酒、いや魔薬、いや未だに得体の知れん情人ぢやよ」と言う。女性川柳人として川柳詩の境地を拓いていった。

一九一六年（大正五年）父の赴任地である台湾で生まれる。一九三六年（昭和十一年）川柳を始める。川柳岡山社、川柳展望、川柳新思潮などを経る。句集に「山茶花」、「堆朱《ついしゅ》」、「瑠璃暮色《るりぼしょく》」、そして「さざんか曼陀羅」がある。

この句、壮絶な女の性、そして襲ってくる孤独。欺瞞の中で遊ぶ女体、恥じらい。そして愛。まさしく川柳にて得体の知れない情人を詠い尽くしている。

恋文の上でりんごを剥いている

赤松ますみ
（川柳集「白い曼珠沙華」）

〝曼珠沙華は天上に咲く白い華、会いがたきことに会う喜びに、天から降り注ぐ花〟だという。この世に生まれてきてからずうっと探し続けていて、やっとめぐりあえたもの、それが私にとっての川柳だったのだと、今は固く信じて止まない。そして川柳とは「そのときどきのありのままの自分を託すもの」と言う。

一九五〇年（昭和二十五年）兵庫県・加古川市生まれ。戦後っ子の新進気鋭女流作家。一九九五年（平成七年）〝私という存在を何かのかたちで残したくて〟川柳を始める。「川柳展望」を経て、現在「川柳文学コロキュウム」を主宰。毎月一回句会を開催。〝ほんとうの私〟を追及している。この句は、りんごの皮と恋慕と現実とを交差させながら素直に描き、そして読者を納得させている。

目隠しの指の透き間に愛が見え

箱守　五柳
（句集「壷」きやり八人集）

きやり吟社編集社人であり、神奈川川柳作家クラブ会長を歴任、その人となりは江戸っ子の五柳として親しまれていた。横浜の黒潮と下田の黒潮との姉妹吟社の労をとったことからもその一面を伺い知ることができる。

一九〇八年（明治四十一年）東京都・中央区生まれ。川柳との出会いは一九二四年（大正十三年）兄糸柳からの手ほどきによる。兄の号が糸柳《しりゅう》なので、その弟ということで五柳となった。高木角恋坊の草詩の門を潜ったが、戦後村田周魚の川柳きやり吟社の社人となる。一九九三年（平成五年）肺炎のため逝去。享年八十五。

この句、好きな娘から受ける後ろからの目隠し、明るい愛が描かれている。

酷暑にも妻食って泣き食って泣き

清水　美江
（「小径の風光」）

美江といえば蜂の連作で有名である。その数四千句に及び、川柳の一つの生き方を示してくれている。もう一つ病妻の看病を綴った句が、読者の胸を打つ。愛の美しさというより哀しさが読む者の心に深く刻まれる。スミ夫人が脳溢血のため倒れたのは一九五四年（昭和二十九年）、一九六八年（昭和四十三年）逝去。実に十四年間にわたる看病を偽らざる気持ちで、時には恥部をさらけだして真実を語り綴ったのである。「全く失語となった妻を、勘を働かせて看病する外なかった。ただ、私の作った食餌をどれでも食べてくれるのが一つの救いだった」。

一八九四年（明治二十七年）埼玉県生まれ。本名・策治。一九二一年（大正十年）頃川柳を始める。一九七八年（昭和五十三年）逝去。享年八十四。

飲んでほしやめても欲しい酒をつぎ

麻生　葭乃
（句集「福寿草」）

麻生路郎夫人。本名・ヨシノ。一八九三年（明治二十六年）堺の豪商の一人娘として生まれる。基督教のプール女学院を卒業、結婚後路郎とともに洗礼を受けルツと洗礼名を戴く。子宝に恵まれ四男五女の母となる。〝私の生涯は「こども地獄」これにつきます。生まれつきの性分で、子沢山すぎてその順番を忘れたり、病気、病気で帯とく暇もないほどこどもの看病疲れが一生の明け暮れでした〟と述懐している。一九八一年（昭和五十六年）逝去。享年八十九。

路郎の酒好きは、嬉しいと言っては飲み、淋しいと言っては飲み、揮毫すると言っては飲んだ。まさに李白の末裔を自認していた。決して豊かでなかった生活。それでも好きな酒を飲ませようとする愛が、この句に込められている。

恋うときの受話器のむこうなる落暉

（「こいびとになってくださいますか」）

大西　泰世

〝スナックのママが大学の講師に！〟とマスコミに騒がれながらも、私自身は常に川柳が生活の根底にあり、また主婦であったりするだけに過ぎないのですと言う。宮城県の中新田町が主催した第一回新中田俳句大賞を受賞。詩人俳人からも注目を浴びる。その中で〝今でも、そしてこれからも私は川柳作家です〟と言い切る現代女流川柳作家である。句集「椿事」「世紀末の小町」がある。

一九四九年（昭和二十四年）兵庫県・姫路市生まれ。初めて川柳を知ったのは二十六歳の時。その後川柳と俳句のジャンルを越えた作句活動をする。

この句、女性の恋心の複雑な気持を「落暉」という研ぎ澄まされた言葉で感性的に表現。ここに川柳と俳句を超えた世界を確立しようとしている。

ベッドの絶叫夜のブランコに乗る

林　ふじを
（「川柳研究」）

ダイナミックな性の描写は川柳界に衝撃を与え、女性川柳の視点を大きく変えた。情念の世界を描いた三笠しづ子とは異なり、性を情熱的に、そして大胆に描いて女にしか詠めない女の句を詠んだ。

一九二六年（昭和元年）生まれ。東京にて育つ。夫との死別後、ある男と同棲、その後離別。そして川柳を知ったのは二十八歳の頃。川上三太郎の門を叩き、女流作家として特別に目をかけられた。一九五九年（昭和三十四年）逝去。わずか数年の川柳作句活動であったが、これほど柳界にセンセーションを巻き起こした女流作家はいない。〝川柳界の与謝野晶子〟と呼ばれるのに相応しい作品を残してくれた。

玩具蔵い妻にいちにち終りたり

泉　淳夫

（句集「平日」）

〃川柳は祷りであるといいたい〃淳夫が晩年に言い放った言葉であるが、この句もまさに家族への祷りである。句集「平日」は一九六五年（昭和四十年）刊であるからこの作品は昭和三十年代の句である。子育ての中の生活吟、家族愛を素直に、淡白に、一般性を持ちながら詠い尽くしている。晩年〃私の作品は革新でもなんでもない伝統そのものである〃と言わせた真髄がある。

一九〇八年（明治四十一年）福岡市生まれ。本名・太郎。一九三六年（昭和十一年）博多番傘川柳会に入会。その後ふあうすと川柳社同人、副主幹となる。その間、合同作品集「藍」を創刊。詩川柳作家を育成する。句集「風話」、「風祷《ふうとう》」を刊行。一九八八年（昭和六十三年）福岡にて逝去。享年八十。

人形を捨てる視線は合わさない

川上　富湖

（総合川柳誌「オール川柳」）

女流作家として期待されながら若くして急逝した。父・大矢十郎に川柳の手ほどきをうけ新聞柳壇に投句を始めたのは二十一歳のとき。学生時代、同じ体育部に所属していた川上大輪と結婚。その大輪にも十郎は川柳をすすめ、まさしく川柳家族として良い環境のもとに作句に励むことができた。一九九八年（平成十年）〈素晴らしい友だ七色唐辛子〉でオール川柳大賞を受賞。この句は情念が宿ると言われている人形を現代の目で捉えた作家の洞察力の深さを表出した作品。一九九六年（平成八年）川柳塔わかやま吟社、川柳塔社同人。

一九四九年（昭和二十四年）和歌山県に生まれる。二〇〇〇年（平成十二年）逝去。夫・大輪との二人集「二重奏《デュエット》」「流れ星の詩」がある。

夜ひとつ　ふたつみっつまだ逢えない

やすみりえ
（総合川柳誌「オール川柳」）

二十代からプロ宣言をした女流川柳作家。おそらく川柳界始まって以来の出来事ではないかと思う。そしてマスメディアを相手に活躍、新しい道を切り拓いたと言えよう。一九七二年（昭和四十七年）東京に生まれる。現在神戸に在住。「ＳＥＮＲＹＵぷら☆ねっと」主宰。ＮＨＫ「ぐるっと関西おひるまえ・トキメキ川柳」にレギュラー出演。そのほかテレビ、ラジオで大活躍。川柳タレントの位置を確保している。川柳界では異色といえよう。

この句、ほとんどひらかなで詠いながら募っていく愛の深さを捉えている。一字アケの技法を用いたのは、たんにひらかなが続くからではなく、時間的流れと募っていく愛の苦しさを詠わんとしているのである。

川柳の中の笑

Warai

お茶がわりなどと嬉しい泡が出る

大木　俊秀
（俊秀流川柳入門）

現代川柳界を代表するユーモア川柳作家の一人。現在ＮＨＫ学園川柳講座編集主幹。川柳歴四十年のベテラン作家。常に〃わかる川柳〃〃感じられる川柳〃〃リズム川柳〃を唱えつづけている。一九三〇年（昭和五年）横浜生まれ。

酒好きを見越したおもてなし、その心をありがたく頂く。いわゆる心と心をよみあった人間臭い句である。無頼の酒好きが生んだ傑作といえよう。ビールなどと一言も言わずに「泡」の一字がすべてを語ってくれている。

肝臓に会って一献ささげたい
盃に散る花びらも酒が好き

社団法人全日本川柳協会理事、番傘本社同人など川柳の普及に尽力している。

長靴の中で一ぴき蚊が暮し

須崎豆秋
（句集「ふるさと」）

関西を代表する近代のユーモア川柳家。一八九二年（明治二十五年）香川県坂出市生まれ。川柳を始めた動機は、行きつけのおでん屋の主人に勧められ、〈人形へ一年ぶりの桃が咲き〉が褒められてからやみつきとなる。

この句は、日常生活のなかで驚いたり、感動したりするはずのない長靴の中の一ぴきの蚊。それを意識の中に入れてとらえた川柳の眼は、一ぴきの蚊だけを詠ったのではなく、人間豆秋と共存しながら生きようとする姿をリアルに描いている。昭和初期の作品。

柳界の一茶といわれていたように動物を川柳にした句が多い。しかし、動物と豆秋が一体となって、庶民生活を凝視している。

これ小判たった一晩ゐてくれろ

古川柳
（柳初・10）

現代流にいうと庶民哀歌である。一七六五年（明和二年）年頃作。「これ小判」を「ボーナスよ」と置きかえると現代でも充分に通ずる佳吟と言えよう。句の表側は、ひょいと笑いを誘う句になっているが、裏側には庶民の生活が生々しく詠われていて、淋しさを越えて悲しさを誘う句となっている。

「あかぬ事かな〳〵」の前句で作られたもの。庶民の生活ではめったに手にすることの出来ない小判である。久し振りに拝んだ小判であったのに、一と晩も我が家におれないその情けなさを詠っている。

ローンの返済にあくせく働いている現代の生活に似ている。

母の手を握って巨燵しまわれる

古川柳（柳初・22）

一七六二年（宝暦十二年）作。この句の前句は「とんた事かな〳〵」である。「巨燵」と書いてあるのは原句のまま記した。

この句には、笑いとペーソスがある。一句の中に三人の人間がいて物語を構成している。母と息子と、そしてもう一人の女性である。それが息子の嫁であってもよいし、許嫁であってもよい。

息子がもう一人の女性の手と間違って母の手を握った。そこからドラマがはじまる。びっくりした母の顔、怒った母の顔、それから父の女好きに苦労した母を知ることができる。その血をひいた息子の仕種に、母の表情の複雑さがいろいろと語ってくれている。

子も金も病も無くて百を越し

諸田つやの
（『全国川柳年鑑句集』）

一九七〇年(昭和四十五年)十二月二十七日、一〇三歳の天寿をまっとうした諸田つやのの作品。俗称・川柳ばあさんとして世に知られ、千葉県八日市場市の万年青川柳会のメンバーとして活躍。

又一つ年をふやしてほめられる

百歳になっても女は恥ずかしい

この二句は、臨終の折に短冊にしたためられて、枕元にならべられていた。八十余歳から作句活動に入り、作句歴十余年であったが、底抜けに明るいユーモア人生をおくっていた。八日市場市西光寺境内には次の句の碑がある。

初恋もあった顔かと皺を撫で

丁度良い長さ手と足二本ずつ

松尾　馬奮
（句集『翁』）

この作品は、手長猿でもなく、キリンの脚でもなく、丁度いい長さに人間の手足があることを素直に、そして正確に描いたところにユーモアがある。作句年月不詳。

馬奮は一九二六年（大正十五年）、三戸川柳社を結成、みちのく川柳界の発展に尽力し、大久保彦左的役割で東北柳界を刺激、中央柳界からも〝陸奥の快翁馬奮さま〟としてしたしまれた。本名・庄次郎。一八八六年（明治十九年）青森県三戸町生まれ。一九六五年（昭和四十年）同町にて没。腹の中に何も残さない性格は、作品そのものに現われ、共に手を握って人間を謳歌したくなる。

雑巾の気持ち洗って干してやり

校正の眼がさかさまの田をみつけ

高橋　散二
（句集「花道」）

関西を代表する近代ユーモア川柳御三家の一人。一九六八年（昭和四十三年）作。本名・高橋福市。一九〇九年（明治四十二年）香川県多津生まれ。一九七一年（昭和四十六年）交通事故に遭い大阪市内の路上にて死去。

この句は、校正に経験のないものでも理解できるユーモア溢れる作品。どう転がしても同じように見える「田」という活字を「眼がさかさま」と組み合わせてた作句技法。ユーモア川柳作家でなければ詠いこなすことのできない味をもっている。大阪番傘本社参与。次のような句も人間の哀歓を的確に詠い尽くしている。

雑巾で顔を拭かれた招き猫
病人はどちら内科の老夫婦

美しい顔で楊貴妃豚を食い

古川柳
（柳四・22）

一七六九年（明和六年）頃の作。楊貴妃は唐の玄宗皇帝の寵愛をうけた後宮三千人中の美人の内の美人。詩人李白は咲き誇る牡丹にたとえ、豊満な美女で、歌舞にすぐれ、聡明さをも備えていたという。前句は「高ひことかな〳〵」で高貴さを詠っている。

絶世の美人が豚を食べるということは江戸時代の人々にはショッキングなこと。それも大皿にまるごとのった豚の頭、突き出た鼻、立っている耳。それを微笑みながら食べる美女。想像しただけでも驚きである。

豚と美人の取り合わせによって、手の届かないものを庶民生活まで引き卸す。ここに川柳の笑いを生む要素が秘められている。

茹で卵きれいにむいてから落し

延原句沙弥
（「句沙弥と豆秋」）

関西の近代ユーモア川柳御三家の一人。〝人間の底を流れる笑いの中に、川柳のふるさとはあると思っている。自分としては、なんとかして作り笑いでない笑顔、巧まざるユーモアの句をものとして、寂しければ寂しいだけ、苦しければ苦しいだけに、人生を明るく生きたい〟と信念を語る。

一八九七年（明治三十年）兵庫県生まれ。一九五九年（昭和三十四年）逝去。昭和初年から川柳を始める。晩年は神戸新聞の常務監査役。

この句は、ゆで卵の白さ、つややかさ、その殻をむくときの仕種など、視覚的に飛び込んでくる作品。卵が高価な時代だけに、落した口惜しさが声となっている。

泣き泣きもよい方を取る形見分け

古川柳
（柳一七・43）

　一七八二年（天明二年）頃の作。作者は東里とある。類似句に〈泣き泣きもうかとは呉れぬ形見分け〉（柳六・39）と〈泣きながらまなこをくばるかたみわけ〉（柳一三・8）がある。でも〈泣く泣くもよい方をとる形見わけ〉として一般に知れ渡って有名な句とされている。

　悲哀と欲との絡み合いが読むものに苦笑を与える。泣いているのは女であろうし、それを見ているのが男である。そして形見分けしているのは着物であろう。女と着物は執念とか業とかで片付けられない因縁で結ばれている。そして、この句には、女の性、人間の物欲といったものがあり、笑い飛ばせない心底をえぐるようなものが秘められている。

まないたにまだ生きている海老の髭

大嶋　濤明
（大嶋濤明の川柳と言葉）

九州の川柳人大嶋濤明の名は北海道にも知れ渡っていた。それは伝統川柳を堅持し、〝川柳とは人情風俗の機微、人倫道徳の真理を十七字形に諷詠する通俗詩である〟と言い切って、大衆と共に生き抜いたからである。

一八九〇年（明治二十三年）福岡県・宗像郡にて呱呱の声を揚げる。本名・太平。一九〇七年に満州旅順に渡り、一九四七年（昭和二十二年）まで満州にて生活。満人以上の大陸的性格と風貌をもっていた。一九一五年（大正四年）に井上剣花坊選の「講談倶楽部」の川柳欄に入選したのが川柳人生の始まり。一九七〇年（昭和四十五年）没するまでひたすらに歩み続けた。この句、プライドを失わなかった「海老の髭」、そこに濤明の人倫を垣間見ることが出来るのである。

見舞いには日本銀行券がよし

今川　乱魚
（句集「乱魚川柳句文集」）

乱魚は〃ユーモアが人の心を和ませ、生きる喜びと勇気を与え、世界に通用する価値をもつものであり、詩としても川柳の特徴の中で重要な要素である〃と主張している。そして一九九八年（平成十年）に〃今川乱魚ユーモア賞〃を制定し、現在まで十一回を数えている。この句は現実にガンと闘っている本人から偽らざる気持ちとして吐き出されたもので、笑いの真髄を衝いた佳吟と言えよう。何枚包むかが問題である。それは作者に聞かなければならない。

一九三五年（昭和十年）東京都生まれ。本名・充。大阪で勤務していたときに川柳を始める。一九八七年（昭和六十二年）東葛川柳会を創設、代表となる。現在（社）全日本川柳協会理事長で東奔西走、川柳界の発展に寄与している。

一泊二日鬼が薬を持ってゆく

高杉　鬼遊
（高杉鬼遊川柳句集）

鬼遊は川柳作家というより随筆家といった方がいいかも知れない。大阪の「川柳塔」誌の目次の下に載っている彼の随筆を読んでからページをめくっていくと川柳を楽しく読める。そして鬼遊は大の銭湯好きである。「銭湯閉業の最後の夜、カメラを持って入浴に出かけた。雨が降っている。空が泣いている。高安温泉を正面から撮る。大人三二〇円・洗髪一〇円である。脱衣箱は四十五番だった」。きっと縁起を担いだのかも知れない。

この句の鬼は鬼遊自身のことを詠っているのであろうか、読者は鬼の人間臭さに拍手を送る。そういえば戒名にも鬼がついている。浄覚院亮善鬼遊居士。一九二〇年（大正九年）四月十二日生まれ。二〇〇〇年（平成十二年）逝去。

奥さんによろしく言うだけ聞いただけ

山田　良行

（山田良行句集「耳心庵雑句」）

一九七四年（昭和四十九年）設立の「日本川柳協会」四代目理事長。のち、社団法人化するが、その母体である大陸川柳人同窓会から関わり合いを持つ生粋の全日本川柳協会人である。また北国川柳社を創設、主幹、会長となる。

一九二二年（大正十一年）中国・遼寧省生まれ。ハルピン医科大学を卒業、医師となる。奉天医大に勤務の折に川柳を知り、やみつきとなる。戦後、金沢に復員、市立病院の内科に勤務。晩年衛生コンサルタント事務所を開設。一九九九年（平成十一年）逝去。享年七十六。

この句、日常生活のなかのごく平凡な会話の中に笑いが潜在していることを巧みに捉えている。川柳の持つユーモアをモットーとして川柳の生涯を貫いた。

金のない店を銀行知っている

鈴木　可香
（鈴木可香句集「瓦全房詠草」）

多作家を自認していた可香は一時間に百二十四句作ったのが最高だという。全国を旅して〃機関銃の鈴木可香〃の異名を思うままにさせた。一九一九年（大正八年）十五歳のときに「文章倶楽部」などに川柳を投句したのが始まり。その後、「川柳紫会」を興し主幹となる。そして一九三五年（昭和十年）斎藤旭映《きょくえい》、長谷川鮮山《せんざん》らと「名古屋川柳会」を創設、名古屋柳界発展の礎石を造る。

結婚の誓約に〃僕は今川柳を作句しているが、これからもずっと続けるつもりだ。エライ先生になろうとは思っていないが、全国何処へ行っても可香といえば、名古屋の川柳家として名の通るまで続けたい〃と言ったそうだ。

一九〇四年（明治三十七年）岐阜県生まれ。一九九七年（平成九年）逝去。

お互いに自分が耐えた気で夫婦

野谷竹路
（句集「傘寿」）

一九二一年（大正十年）東京都生まれ。中学生のころからあちこちの雑誌に川柳を投稿。その選者だった川上三太郎に出会い「川柳研究」に入会。一九四一年（昭和十六年）「川柳研究」の幹事となる。一方、教職生活四十年、教頭、校長と官吏職を歩み川柳との二足のわらじに悩みながら両方を大成させた。一九九八年（平成十年）川上三太郎の衣鉢を継いで川柳研究社の四代目の代表となる。二〇〇三年（平成十五年）逝去。

〃生涯一書生〃を座右の信条として、川柳に対しても家庭生活に対しても、そして教員生活に対しても生き抜いてきた。笑いに対しても、本気で取り組んだ言葉がそこはかとなく笑いを醸し出してくるのである。

散歩して来ます戻らんかもしれん

中尾　藻介

（『中尾藻介川柳自選句集』）

藻介の軽妙洒脱な川柳は人柄そのものを表しているので、そのファンは多い。「戻らんかもしれん」という言葉の中に本音が潜んでいる。普通なら「何時には戻る」と言って出掛けるのであろうが、その方が嘘かもしれない。人間、特に老いてくると何時、何処で何が起こるかわからない。それをただ正直に言っただけである。そこに川柳の笑い、可笑し味がある。笑わせようと思って作った句ではない。そこに藻介川柳のユーモアがある。

一九一七年（大正六年）京都府生まれ。本名・与四郎。一九四一年（昭和十六年）「川柳月刊」に初投句。以後、大京都川柳社、川柳ひめじ、ふあうすと川柳社の同人を経て、無所属となる。一九九八年（平成十年）逝去。享年八十一。

ゴキブリの方もあわてる蝿たたき

野口　北羊
（句集「浮世へんぺん」）

〃締切日に追い回されるたびに嫌になる川柳。いくら名作を生んでも金にならない川柳。友人たちに言わせると屁のカッパにもならぬ川柳。そんな川柳が私の半生を金縛りにして、三十年も連れそって来たが、川柳の持つ魅力とは一体何なのであろうか。不思議である〃。ユーモアをこよなく愛した作家であった。

一九一五年（大正四年）福岡県・直方市生まれ。本名・嘉寿美《かずみ》。一九三三年（昭和八年）から川柳を始める。戦中に応召が二回、下関で終戦を迎える。その間、初枝（現・岐阜川柳社主幹）と結婚。一九五〇年（昭和二十五年）岐阜に転住。岐阜番傘川柳会を創立。川柳「鵜」を発刊。晩年は岸本水府に傾倒、本格川柳を堅持した。一九七九年（昭和五十四年）逝去。享年六十三。

学校を出て正直を叱られる

三條東洋樹
（句集「ほんとうの私」）

一九六八年（昭和四十三年）に日本川柳界に功績のあった川柳人を称える〃東洋樹賞〃を設ける。第二十回まで続く。一九二〇年（大正九年）神戸商業二年生の時、川柳を始める。当時から秀才の異名が高かった。川柳誌「柳太刀《やなぎだち》」「羽衣」を経て「覆面」を創刊。後ふあうすと川柳社の創立同人として、主幹の椙元紋太を助ける。〃カミソリ東洋樹〃といわれるほど名作家であった。

この句は、学校では〃清く正しく美しく〃と教えられて社会人になったとたんに〃正直ものは馬鹿を見る〃に豹変。人間の生きることの難しさをユーモラスに捉えている。一九〇六年（明治三十九年）兵庫県・神戸市生まれ。本名・政治。一九八三年（昭和五十八年）脳動硬化症のため逝去。享年七十七。

おお、ゴッドゆっくり床に入ります

今野　空白

（川柳「杜人」今野空白追悼号）

遺句とみられる句。ブラック・ユーモアについて空白はイギリスのポール・ラクロアの言葉を引用し〝滑稽でないものによって人を笑わせるやりかたである〟という。空白の川柳的生涯もブラックユーモアで閉じている。開業医であった空白は自宅で診療中に内臓疾患によって忽然と死去している。

一九二三年（大正十二年）台湾生まれ。本名・宏。京城帝国大学在学中に終戦。東北大学医学部を卒業。一九九七年（平成九年）逝去。享年七十五。

「川柳杜人」を舞台に数多くの川柳論を展開、柳界の論客として注目されていた。それを纏めた本に「現代川柳のサムシング」（近代文芸社）がある。〝歌謡曲は三分間の勝負、川柳は一生の勝負〟の名言を残してくれた。

オペラグラス桟敷の女美しい

桂　枝太郎

（綜合雑誌「川柳」）

落語家で川柳人というのは異色である。川柳の道に入ったのは落語より早く、一九一三年（大正二年）平瀬蔦雄《つたお》に誘われて井上剣花坊の一門となった。それから十年程たった三十歳のときに芸能界へ足をいれた。二代目桂枝太郎になったのは一九四三年（昭和十八年）である。

一八九五年（明治二十八年）東京都・日本橋生まれ。明治薬学校を卒業し薬剤師となったが、何時の間にか噺家になってしまった。戦後は大阪より東京に戻り、川柳人協会や川柳長屋連の店子となる。一九七七年（昭和五十二年）藍綬褒章を受章。一九七八年（昭和五十三年）急性肺炎のため逝去。享年八十二。

この句、噺家らしいオペラグラスの覗き方が絵になって笑いを誘っている。

飽食の猫がふとんの裾を踏む

奥室　数市
（「人」第四十三号）

数市の経歴は変わっている。戦前に力道山と同門で相撲界へ入門、双葉山のいた時津風部屋で、三段目東方筆頭までいって引退。晩年は証券マンとして十三年間勤め上げた。一九二三年（大正十二年）兵庫県生まれ。一九五五年（昭和三十年）川柳研究社の句会に初出席、川柳の道に入る。以後、白帆、天馬、川柳ジャーナルなどの同人を経て、中村冨二を慕い「川柳とａの会」同人となる。冨二没後は代表格として「人」の編集に携わる。一九八六年（昭和六十一年）クモ膜下出血にて逝去。享年六十三。

この句は、一読して楽しい川柳でもあり、哀しい川柳でもある。そこに機敏さを失った猫の姿と自分とを重ね合わせながら可笑しさと哀感を捉えている。

そして朝の無口な飯が盛ってある

藤本静港子
（句集「うたかたの抄」）

一九八六年（昭和六十一年）始祖・椙元紋太のふあうすと川柳社の四代目の主幹となる。七十余年の歴史ある結社を堅実なものとし、そして拡大していかなければならない使命は家庭にも大きく影響していた。それでも愚痴の数だけ感謝しているると晩年には妻を称えている。

一九二三年（大正十二年）兵庫県・神戸市生まれ。川柳を知ったのは早かったが、戦争のため中断、本格的に作句活動をしたのは戦後であった。一九九七年（平成九年）「兵庫県芸術文化団体半どんの会」の文化功労賞を受賞。

この句は、どこにでもある夫婦間の諍いをユーモラスに捉えている。〝夫婦喧嘩は犬もくわぬ〟とはまさにこの句のことである。

洋食に追いかけられて母疲れ

堀口 北斗
（遺稿集「北斗星」）

晩年の北斗といえばＮＨＫ学園であり、カラオケである。黙ってマイクを持たせたら百や二百は歌うそうだ。そのレパートリーは演歌、ポップス、なんでもござれで、歌唱力抜群である。歌ばかりではない川柳への情熱は父・碧郎の血を引いてか川柳界にその名を留め、江戸っ子川柳を謳歌した。

一九二二年（大正十一年）東京都・向島生まれ。十四、五歳の頃から父の手ほどきを受けて川柳の道に入る。戦後「川柳アパート」を創刊。後「川柳かつしか」の代表となる。一九八六年（昭和六十一年）ＮＨＫ学園川柳講座開設と同時に専任講師となり、今日の基礎確立に尽力した。そして川柳普及の為に全国各地を駈け回る。一九九一年（平成三年）脳内出血のため逝去。享年六十九。

川柳の中の心

Cocoro

子を抱けば男にものが言ひ易し

古川柳
（柳初・32）

江戸中期の一七六五年（明和二年）頃の作。人間の気持ち、しぐさといったものは、二百四十余年の歴史を経ても何ら変りがないことを、この句が立証してくれている。女から男になかなかものは言えないもの、特に〝好き〟などと言うことはめったに言えるものではない。それを子供を媒体として近づいていくところなどは、日本人の心理を巧みに捉えた文芸であると言えよう。笑いにしても、機微にしても日本人特有のものがあることを古川柳から味わうことができる。

この句の前句は「ととのえりけり〳〵」で、プロポーズの条件が整ったことを意味している。しぐさの機微を巧みに捉えた名吟といえよう。

女房と相談をして義理をかき

古川柳
（柳初・40）

一七六五年（明和二年）以前の作。前句は「いやらしい事〳〵」。川柳の三要素の一つである穿ちの効いた句。

義理を欠くのに、あえて女房と相談する必要もないのに、相談をする亭主の弱さ、ずるさ、そしていやらしさといったものを「女房と相談をして」と逃げている。金銭に締りのある女房は、当然に断わることを知っているからである。

現代においても、決済をする地位にある部長が、都合の悪いことになると課長に、課長が係長に相談をして責任を転嫁しようとする〝ずるさ〟といったものを、この句から捉えることができる。

「女房と」の「と」に川柳の穿ちがある。

立聞きに持った十能の火がおこり

古川柳（柳七・9）

江戸時代の家庭の様子を伺い知ることができる。すでに死語となっている「十能」とは火をかき起こしたり、炭火を運ぶための道具のこと。この句の前句は「きつい事かな〳〵」である。「きつい」すなわち「ひどい」という意味である。

この句には、少なくとも三人の人間が登場している。立聞きをしている姑、姑の悪口を言っている嫁と息子。これだけの舞台装置と役者が揃っていればドラマはいくらでも展開することができる。姑がかっかと怒っている様子を「火がおこり」と詠ったところに、この句の妙味がある。姑の赤ら顔が炭火に反射して不気味に写っている。

「立ち聞き」で「姑」を連想させるのも川柳の妙味である。

四五人の親とは見えぬ舞の袖

古川柳
（柳初・2）

前句が「はやりこそすれ〳〵」なので、売れっ子の女芸者を捉えている。一七六五年（明和三年）頃の作。当時の風俗を知ることができる。

今は成人式や結婚披露宴の若い女性に人気のある振袖だが、江戸時代では成人前の女の子の正装であった。成人といっても数え年十四から十六歳の頃を指している。それが四、五人の親なのであるから、その踊り子は三十歳くらいであったと想像できよう。

二十を過ぎれば年増、三十で大年増の時代だけに、その芸に人気があったことを物語っている。テレビから出てくる歌謡ショーの一コマを思わせる句である。年齢を超越した芸を捉えている。

そへ乳してたなにいわしが御座りやす

古川柳
（柳一四・19）

一七七六年（安永五年）作。江戸庶民の日常生活を素直に捉えた句。

腹をすかせ疲れて帰ってきた夫に、乳をふくませてやっと眠りかけているので声を掛けないでくれと、口で指図しているところ。子ができると妻の立場が母の立場となって強くなることを暗に物語っている。

「いわし」という庶民の食菜に対し「御座りやす」と丁寧語で詠ったところに可笑しさがある。

さしずめ現代では〃食事はチンの中にあります〃とテーブルの上に書き置きがあり、妻は床の中で哺乳びんといっしょに添寝しているといったところであろうか。

帽子を脱ぐ　目と鼻が　はらはら落ち

中村　冨二

（『千句集』）

川柳革新運動の先頭に立ち現代川柳に新風を巻き起こした。一九一二年（明治四十五年）横浜市伊勢佐木町生まれ。大正末年に川柳を知り、冨山人《ふさんじん》の号で新聞・雑誌に投稿する。戦後、新進気鋭の作家たちを集め「からす組」を結成、「鴉」を創刊、川柳革新運動を展開する。

この句は、感性的に捉えた作品。女の美しさ、それを象徴するかのように帽子が語りかけている。美しい目と鼻がはっきりと見えない。それだけに美しさが倍加してくる。帽子を脱いだとたん、あの美しかった目と鼻が現実の物体となってしまった。一字アケは、時間の流れを表している。一九七五年（昭和五十年）頃の作。

酔い醒めて醜態へ押す削除キー

岡崎たけ子
（柳誌「川柳さっぽろ」）

札幌川柳社本社句会平成十二年年間最優秀作品。男の生き方を痛烈に風刺した作品である。一般に風刺の対象は政治、そして女なのであるが、この作品は男を風刺している。現代川柳の一つの特徴と言えよう。

酒の勢いを借りて雑言を吐き、悪態、醜態を見せる男の弱さ、愚かさを厳しく批判している。酔いが醒めて、そんなことを言った覚えがないと言う卑怯さに、女は飽き飽きしていると言うよりも腹の底では許せないものがある。それを男はワープロの削除キーをポンと押しただけで済ませようとしている。

女が男を風刺する。現代世相を反映した一句と言えよう。

現在は北海道・札幌川柳社の事務局長を務める。

悔いに似た気まずさがある朝の膳

吉田　未六
（「吉田廣遺稿集」）

一九二一年（大正十年）北海道柳界の礎石を築いた神尾三休《かみおさんきゅう》の率いる「鏑矢《かぶらや》」の同人、そして、編集長として活躍。札幌柳界のみならず北海道の川柳の発展普及に寄与した。医師として、能楽師として、小説家として、古川柳研究家として多彩な人生を送った。

この句は日常生活の中から拾った題材を心理的に捉えている。ちょっとしたことで起きた争いが翌日まで尾をひいてしまった悔いを描いている。一句の中に時間と場所と人間がいる一幕物の舞台劇となっている。

一八九五年（明治二十八年）松前郡福山町生まれ。一九五一年（昭和二十六年）札幌市にて没す。享年五十六。

ねがわくば嫁の死に水取る気也

古川柳
（柳三・41）

一七六八年（明和五年）頃の作。嫁姑の仲の悪さをユーモラスに描いている。それはこの句の前句が「めいわくな事〳〵」と嫁の立場に立って詠っているからである。

「死に水」とは末期の水といって死者の口にふくませる水をいう。姑が老後の世話を嫁から受けて最後を看取ってもらうのが普通なのだが、嫁憎さにその逆を願っているのである。なんと恐ろしく悲しい句に受け取られる。

この句を現代世相の介護問題に置き換えてみると、どちらに死に水を取られたほうがいいのか難しい。憎い嫁でも家族に看取られて成仏したほうが人間として幸せな気がするのだが、いかがだろう。

恥ずかしさ知って女の苦のはじめ

古川柳（柳初・19）

この句の前句は「ふえる事かな〳〵」である。女の苦の始めを初潮と解釈する人もあれば、初体験をさす人もいる。そして世帯の苦、嫁の苦、母の苦、姑の苦など歳をとっていく度に苦も増えていくことを物語っている。「恥ずかしさ」と「苦」の取り合わせが女の身を詠いつくしているといえよう。

作者は当然男性であろうが、夫や舅姑に仕え忍従そのものの女の生涯を端的に、的確に言い現わしている。現代女性考には程遠いことであるが、約二五〇年前の女は社会的に弱く、悲しい人生であったことを愛情をもって詠っているところに、この句の魅力がある。

一七六四年（明和元年）頃の作。

仲直り鏡を見るは女なり

古川柳
（柳四・3）

一七六五年（明和二年）頃の作。前句は「ならひ社すれ〳〵」。女心と夫婦の機微を捉えた句。はげしい夫婦喧嘩をしたのであろうか、髪も乱れ、涙のあともある。きっと夫の方が折れてきたのであろう。そのうれしさを大仰にあらわせないのが女心。まず身だしなみを整えてから、本来のやさしい妻に戻ろうという気持ちが鏡の前に座らせたのである。

仲直りすると女の声になり　柳一九・4

仲直りもとの女房の声になり　柳一五・11

類似句だが、川柳の三要素の一つである穿ちをもって女心と男女間の機微を巧みに表現した句といえよう。

さまざまに扇をつかう奉行職

古川柳（柳三・29）

一七六五年（明和二年）作。前句は「ねんの入れけり〳〵」。賄賂を、扇の上にのせて受け取る状態を巧みに捉えた風刺句である。

扇を突き刺すように持つときは命令する時で、団扇のように煽ぐ時は、照れ隠しやごまかす時である。また、金品を受け取るときは扇で隠して受け取る。まさしく奉行職は扇一つの使い方に念が入っていた。

江戸幕府の奉行職は、勘定、町、寺社の三つに分れていた。町奉行は、江戸市中の行政、司法、警察を掌握する地位にあって、庶民と深くかかわっていた。それだけに賄賂を受ける機会も多かった。そのために江戸幕府は崩壊の一途を辿ったのである。どこか現代の政治家や役人に似ていないだろうか。

もっと寝てござれに嫁は消えたがり

古川柳（柳四・2）

一七六五年（明和二年）頃の作。嫁の恥じらいを主題に詠った句。嫁が目ざめると、姑はすでに起きていた。じろりと下から上に舐めまわすように見上げられ、「もっと寝てござれ」と言われたときの恥ずかしさ、江戸時代ならではの作品と言えよう。「お疲れさま」などと舅に言われようものなら身の置き場がなくなってしまう。

これも二十代の若妻のときだけ、やがて中年になって舅姑を送りやっとわが世になる。そしてやがて姑となり、意地悪をするわけではないが、同じことを繰り返している。

核家族の現代、嫁と姑のドラマも変わってきたようだ。

雪の朝親を炬燵へ叩り込み

葛飾 卍

(柳八五・36)

葛飾卍は画家・葛飾北斎の川柳号。北斎は川柳の号を万治、萬治、万治、卍と称して三五〇有余の句を残している。一八二五年(文政八年)作。この誹風柳多留八十五篇の序を四代川柳人見周助に乞われて書いている。

この句は、寒い寒いと思っていたら遂に雪となってしまった。そこへ起きてきた親父とお袋、遠慮するのを叱りつけて炬燵の中に入れたという孝行息子の物語。しかし、作者が北斎、そんな単純なことを句に詠むわけがない。親父とお袋の足と足とが絡み合い、それからは想像に任せている。

北斎が卍の号で登場したのが六十六歳のとき。没年の九十歳まで二十四年間に亘る。

嘘をつく顔をまじまじ子に見られ

前田　雀郎
（同人誌「せんりう」）

本名・源一郎。別号・榴花洞《りゅうかどう》、俳諧亭。一八九七年（明治三十年）、栃木県生まれ。一九六〇年（昭和三十五年）、尿毒症のため北里研究所付属病院にて逝去。享年六十二。宇都宮・宝勝寺に眠る。俳諧亭源阿川柳居士。

一九一四年（大正三年）、地元の宇陽柳風会《うようりゅうふうかい》にて狂句を学ぶ。上京して阪井久良伎の門を叩く。都新聞選者となり「みやこ」を創刊。

この句は一九四九年（昭和二十四年）作。大人の生きる姿と子供の純粋さが読者を戸惑わせる。戦後、関東の三巨頭と呼ばれるようになった。常に〝俳句の作者は詠まれるものの向こう側に立つことを願った。川柳の作者は詠まれるもののこちら側に立つことを願った〟という。

外套を着せるに女給腕を出し

塚越　迷亭
（川柳誌「きやり」）

この句は、現代川柳というより風俗川柳として評価したい。カフェー華やかな頃の作品。一九二三年（大正十二年）震災前後のカフェーは美人の給仕女を置いて、客を呼んでいた。帰りがけに女給が着せてくれる外套、そのときの白い肌が眼に焼きつく。迷亭ならではの、彼しか捉えることのできない雰囲気のある句といえよう。遊侠的下町気分がある。

一九一四年（大正三年）頃から投稿家として川柳を作句。後、東京きやり吟社同人となり、その編集を担当。菊判百頁台の関東の大川柳誌にのし上げる。

一八九四年（明治二十七年）新橋芸妓の子として出生。一九六五年（昭和四十年）没。

神代にもだます工面は酒が入

古川柳
（柳初・7）

一七五七年（宝暦七年）以前の作。この句の前句は「手伝いにけり〳〵」。何を手伝ったかは、神話を知っている者であれば自ずから頷けるであろう。

スサノオノミコトが、出雲の国で八岐の大蛇に酒を飲ませて酔わせ退治した故事をとりあげている句である。いつの世でも人をだますには酒がいることを皮肉っている。

川柳の世界では、神さまも、歴史上有名な人物も、支配者・権力者も、人間臭い姿で登場し、庶民と変わりない人間としてのドラマを作る。この句は神代以来、酒を飲ませて酔いつぶし、そして成敗する。すなわち酒の手を借りて利権を得る人間の汚さを揶揄している。

嘘をつき終えた扇のぬくい風

中野　懐窓
（句集「能面」）

本名・中野竹蔵。一八九六年（明治二十九年）岡山県邑久郡生まれ。一九七六年（昭和五十一年）横浜にて没す。享年八十。

一九一四年（大正三年）頃より川柳句作に手を染める。一九三五年（昭和十年）「川柳よこはま」を創刊。川柳活動に入る。戦後いち早く「路」を復刊、「神奈川新聞」柳壇選者などによって横浜柳界の発展に寄与する。

この句は、戦後間もなくの作。借金返済延滞のための嘘であろうか、やっと切り抜けた安堵感を「ぬくい風」と表現。人間の心の動きを打ち煽ぐ扇で詠い尽くしている。川柳ならではの妙味といえよう。

晩年、横浜にて書籍店を営む。

上座から来る盃は拝まれる

長澤としを
（句集「やまびこ」）

〃私にとって川柳とは心のやまびこです〃という信条で川柳を愛して五十余年。小樽柳壇の発展に大きく寄与した。一九四二年（昭和十七年）、近所の古本屋を営む佐藤冬児《とおる》より〃君は詩や歌より、川柳に向いている〃と言われて、借りた川柳誌「番茶」が縁で川柳を始める。それから川柳の虜になり、寝ても覚めても川柳が頭から離れなかった。

この句は、昭和四十八年頃の作。序列の厳しい官僚の世界を捉えている。両手で小さな盃を目の高さまで挙げて戴く大の男の姿が哀れっぽくもユーモラスに描かれている。一九二〇年（大正九年）夕張市生まれ。二〇〇〇年（平成十二年）小樽市にて逝去。享年八十。

川柳の中の世 Yo

手と足をもいだ丸太にしてかへし

鶴　彬

（柳誌「川柳人」）

この作品は「川柳人」三八一号（一九三七年・昭和十二年十一月十五日発行）に掲載。

作品六句掲載の五句目であり、この句によって、特高警察に検挙され東京都中野区野方署に留置された。反戦川柳人、プロレタリア川柳家として著名。

一九三七年（昭和十二年）は、日中全面戦争が始まった年。徴兵、出兵、戦死の航路をたどらなければならなかった日本男児の運命を痛烈に風刺した句。お国のためにと、戦火に送り込まれ、銃撃のなか、手がちぎれ、足がふっとび、そして戦場で役に立たなくなったら国へ帰す。その悲惨さを怒り、詠った句。収監中に赤痢に罹り、東京市中野区の豊多摩病院で死去。享年二十九。

乞食にはなれず強盗にもなれず

高須唖三味
(全国推薦句集)

この作品は一九四六年(昭和二十一年)暮れ、やっとの思いで満州より、佐世保へ引き揚げてきたときのことを詠っている。敗戦後の暮らしにくい世相と、現代のリストラで職を失った人たちの世相とはあまりにもよく似ている。

本名は鷹須清治、一九五九年(昭和三十四年)交通事故により左手を失う。爾来〃無左手〃をもじって〃武蔵庵〃と号す。また柳号〃唖三味〃は誰も顧みない〃あざみ〃からとったもの。

海外引揚者であれば誰でも経験した悲惨さを、一句のなかに事実として表現した私川柳作家でもある。句の心境が現代世相と似ているということは何をかいわんやである。

国境を知らぬ草の実こぼれ合ひ

井上　信子
（井上信子句集）

この句には、〃第二次戦争に平和を願って〃とサブタイトルがついている。戦中の作品であるが発表を控えて、戦後世に送る。

いよいよ高まる戦争機運の中で、反戦作家鶴彬を庇護し、真の平和を願う心を句に吐露したものである。動物にとっても植物にとっても、いやすべての生物にとって国境などあろうはずがないし、あってはいけないことである。もちろん人類にとってもである。「こぼれ合ひ」に響きがあり、句に愛が秘められている。

川柳中興の祖、井上剣花坊の妻で、大石鶴子の母である。それよりも女性川柳のルーツとしての存在が大きい。

頭の中に米が一杯

木村半文銭

（「新興川柳選集」）

一九二九年（昭和四年）作。川上日車とともに川柳革新運動の口火となった「小康《しょうこう》」を発刊。森田一二の「新生」、田中五呂八の「氷原」とともに新興川柳の中心となる。

この句は、作者自身の生活をそのまま句に托したもの。緊迫した生活のどん底に沈みつつ、精神的にも物質的にも幾多の難関に直面。また、家主より家を追われ、金貸しより封印をうけ、妻と別れ、住み慣れた土地を去り、三人の幼児を連れ路頭に迷う。その時に、吐き出した一句である。

尾崎放哉の〈咳をしても一人〉〈墓のうらに廻る〉の自由律俳句に決して劣らない作品だ。自由律川柳として大きく評価したい。

役人の子はにぎにぎを能覚

古川柳（柳初・5）

江戸川柳の中の風刺句としての代表作品である。「にぎにぎ」とは、広げた手を握る小児の仕種のこと。役人は、いつも賄賂をもらっているから、役人の家に生まれた子どもは「にぎにぎ」を早く覚えるだろうと言った句。

痛烈に体制を批判したため、寛政の改革のときに「柳多留」から一度は削除されている。前句は「うんのよい事〳〵」。

この句の役人とは、幕府の役人とはかぎらず、諸藩のいろいろな係の武士もふくめた総称である。

神代にもだます工面は酒が入　　古川柳（柳初・7）

皮肉にも現代世相とあまりにも似ていて、人間の弱さが伺われる。

風呂敷の米どうしても米に見え

土橋　芳浪
（「昭和川柳百人一句」）

東京柳壇の異才作家。戦後、一九四六年（昭和二十一年）八月発足の東都川柳長屋連の代表として特異なグループ活動をみせる一方、川柳人クラブの創立委員、三代目会長として、東京川柳界の発展に尽力。一九六五年（昭和四十年）八月七日逝去。享年六十一。

戦後の食料不足は配給米だけでは生きていくことが出来なかった。闇市へ出掛け何がしかの米を買ったり、農家へ買い出しに行って、物々交換によってわずかの米を手に入れたりして、その日を生き延びてきたのである。

その米を風呂敷に包んで持ち帰る途中で警察に見つかり没収されるのである。貧しく、そして悲しい句と言わなければならない。

男いぬ村ただ白く眠るのみ

後藤　閑人
（句集「あしあと」）

この作品は一九六七年（昭和四十二年）作。

一九三二年（昭和七年）頃から川柳を作り始める。戦後、仙台で「川柳宮城野」の創刊に参画。後に川柳宮城野社の主幹となり、東北柳界の発展に寄与する。一九八〇年（昭和五十五年）仙台にて没す。享年六十七。

この作品は感性的に捉えた句として、閑人川柳の粋さを見せている。「白く眠る」と感覚的に捉え、それを心象化したところに当時としては新しさがあった。また東北の農村をテーマとしたところにも風土性を醸し出している。「ただ」というたった二字の持つ意味は川柳の妙味を十分に発揮した作品といえよう。詩性川柳に一脈通じるものがある。

生まれては苦界死しては浄閑寺

花又　花酔

（掲載誌不明）

一九二三年（大正十二年）作。三輪の俗称〝投げ込み寺〟（浄土宗浄閑寺＝東京都荒川区南千住二丁目）の総霊塔壁面に刻みこまれている。本名・幸太郎、別号・華水（画名）、一八八九年（明治二十二年）一月、全国香具師界の大親分の跡目として生まれる。一九六三年六月、千葉県松戸市にて逝去。享年七十四。

人間と生まれ、遊女として売られた身の哀れは、吉原という特殊な社会にあって、その維持と繁栄に支障をきたすことがあれば、容赦なく制裁が加えられた。その間の消息をずばり一句に表現した〝廓吟《くるわぎん》の花酔〟と異名をとった面目躍如たるものがある。そして川柳としての文学性をみることができるのである。

上燗屋ヘイヘイヘイと逆らわず

西田　当百

（『川柳全集』）

一九一三年（大正二年）一月、大阪から創刊された川柳雑誌「番傘」の巻頭句。当時四十三歳。一八七一年（明治四年）福井県小浜市生まれ。一九四四年（昭和十九年）大阪で没す。享年七十四。三十五歳の時、木村半文銭、麻生路郎らと関西川柳社を興す。現在の番傘川柳本社に引き継がれ柳界一の川柳結社となる。

「上燗屋」とは大阪の方言で「いっぱい飲み屋」という意味で、庶民の匂いを漂わせている。小商人の生きる姿を描いているが、そしてそこに集まる人間模様も詠い尽くしている。川柳でしか詠い尽くせない世界を平易な言葉で巧みに表現している。現在でも通用する句である。

社会鍋ぐらゐで貧は救はれず

井上剣花坊
（井上剣花坊句集）

川柳中興の祖といわれ、現代川柳の全盛期を築いた第一人者。一九〇三年（明治三十六年）「日本新聞」に「新題柳樽《しんだいやなぎだる》」欄を設け選者となる。これが新川柳のスタートである。同年、東京に柳樽寺《りゅうそんじ》川柳会を創立、川柳誌「川柳」を発行、後に「大正川柳」「川柳人」と改題、日本柳界の中心的存在となる。

この作品は、一九三三年（昭和八年）作。サブタイトルに〝救世軍来る〟とある。昭和初期の不況のどん底にあったわが国の貧政を憂い嘆き、憤りをもって捉えた痛烈な風刺句である。現代社会にも一脈通じる佳吟と言えよう。

一八七〇年（明治三年）山口県萩市生まれ。一九三四年（昭和九年）鎌倉にて没。

標的になれと召集状がくる

森田一二
（新興川柳選集）

一九二八年（昭和三年）作。不況のどんぞこにある日本では倒産があいつぎ、多くは五大財閥の系統下に統合されていった。そして満州事変が勃発。

この句は軍閥による大陸侵攻を厳しく批判している。一銭五厘の召集礼状が届き、有無を言わせず大陸へ派兵されたのである。まさしく弾除けのための大陸への出兵と言っても過言ではない。現代社会構造と似ている。

一八九二年（明治二十五年）石川県・金沢市生まれ。名古屋で「新生」を創刊。人間の実生活に根ざした魂の燃焼を打ち出した革新運動を展開。「小康」「氷原」を経てマルクス主義を標榜して文学運動を展開した。一九七九年（昭和五十四年）没。享年八十六。

人間砂漠転がる一個のゴムまりか

大島　洋
（句集「人間砂漠」）

川柳と共に生き、川柳に殉死した東北の快男児。一九七一年（昭和四十六年）三十五歳のとき川柳を始める。川柳大会の表彰席には必ず洋がいるというほどの達吟家。一題につき五十句や六十句作るのが当り前という。その反面、心からの人間好きが、川柳愛に結びついている。

一九三五年（昭和十年）大阪市生まれ。福島民友新聞社に就職。後印刷業に転身したが廃業。その後小樽市の子息の元に居住、北海道川柳界に新風を吹き込む。無類の酒好き。一九九六年（平成八年）永眠。享年六十一。

「人間砂漠」とは人情を失った現代人を揶揄している。「ゴムまり」とは洋自身のことで波瀾万丈の人生の中での人間の冷たさ、無味乾燥の心を批判している。

午後三時永田町から花が降り

阪井久良伎

（前田雀郎「川柳学校」）

この作品は一九〇四年（明治三十七年）頃の作。井上剣花坊の〈背景に海老茶美のあるお茶の水〉に呼応して作ったもの。当時音楽学校に行く女学生は海老茶袴を穿いて自転車で通学していた。それを新聞「日本」の主筆古島一雄が海老茶式部と名づけていた。その華やかさを捉えての作品である。

久良伎と剣花坊は川柳中興の祖といわれた川柳史に残る人物であるが、生涯犬猿の仲で終わった。久良伎社を興し「五月鯉」を発行、多くの門人を育てた。一八六九年（明治二年）神奈川県・横浜市生まれ。本名・弁。報知新聞社に入社、主として美術、相撲の記事を書く。福本日南の知遇を得て新聞「日本」に入社。時事句を試みる。一九四五年（昭和二十年）逝去。享年七十六。

二等兵時計の刻む音といる

野村　圭佑
（句集「壹」）

「二等兵」とは軍隊の新兵のことで陸軍に入隊すると付けられる徽章のことである。圭佑は高等小学校を卒業すると、商人の子は商人たるべきと問屋へ見習いとして入店。歩兵連隊のご用達として出入りしていた。その頃を思い出しての作品で「二等兵」連作二十三句を発表。その中の一句である。寝る間もなくこき使われた二等兵哀愁物語である。

一九〇九年（明治四十二年）東京都・神田生まれ。本名・利雄。一九三〇年（昭和五年）川柳を始める。翌年川柳きやり句会にて村田周魚と会い、〃人間描写の詩として、現実的な生活感情を重んずる〃周魚の川柳観に傾倒、周魚の片腕となる。周魚亡き後、主幹となる。一九九五年（平成七年）逝去。享年八十六。

洗面器この血は母も喀きし血か

草刈蒼之助
（「川柳サーカス」追悼号）

昔、結核は肺病といっていた。江戸時代には労咳といって隔離されるか幽閉されていた。蒼之助十三歳のときに母を肺病で亡くしている。その血を引いてか結核を患い生涯を悩み苦しみ、そして闘ってきた。また姉の狂死、弟の出奔自滅、父の爆死などが相次ぎ肉親の壊滅が続いた。そんな中で今井鴨平に遭遇、革新川柳の道を歩んでいった。この作品は、自ら喀血した苦しみの中から母を慕う気持ちがそこはかとなく詠われている。

一九一三年（大正二年）岐阜市生まれ。本名・下条房一。〈蒼空の下で草刈る鎌の音〉の自句から雅号をつける。一九九二年（平成四年）肺患の身をアル中で浸して昇天する。享年八十。

旗行列もすんで弾丸傷がひっつって来る

中島 國夫
（「新興川柳選集」）

國夫は自由律川柳を早くから唱えていた。〃自由律川柳の出現は、その進路に独自なものを開拓しなければならない〃、〃現代的に生かすために川柳に詩的表現化を来すべきである〃、〃思想詩としての川柳は詩であるが詩の為の詩ではない〃と主張して、作品と相俟って革新運動を展開していったのである。

一八九九年（明治三十二年）富山県・大沢野生まれ。一九二七年（昭和二年）井上剣花坊の柳樽寺川柳会同人となる。その後「川柳人」の編集長となる。一九七〇年（昭和四十五年）胃癌のため逝去。享年七十一。

この句は一九三六年（昭和十一年）作。凱旋の旗行列に国民が酔っているなかでの傷痍軍人の偽らざる気持ちが描かれている。國夫は元陸軍大尉だった。

紅鼻緒丸刈りの娘に齢をきき

大井　正夫
（私家版「日僑俘」）

旧満州では終戦と同時に女子の頭を丸刈りにして男を装い、敵の眼をごまかした。強姦される危険性があったからである。しかし女の子は女ゆえに紅鼻緒の下駄を履いていた。いまにして思えばユーモラスに捉えることができるが、当時としては生死を賭した姿であった。後世に残して置きたい一句である。

正夫は一九〇三年（明治三十六年）兵庫県・明石市生まれ。本名・正雄。一九三三年（昭和八年）渡満。そのころ川柳を始める。一九八〇年（昭和五十五年）脳軟化症で逝去。享年七十七。

日本川柳協会の前身である大陸柳人同窓会を設立。堀口塊人に乞われて初代日川協の事務局長になり、今日の隆盛の礎石を造る。

国敗れやはり十文の足袋を穿く

大山　竹二
（句集「現代の川柳」）

「十文」とは足袋の大きさで、一文が江戸時代の一文銭の大きさから来ている。普通の足袋は九文半で二十四センチである。この句は大人の穿く足袋である。戦争中に銃後を守るために働き通して来た足袋、戦後となっても同じように働き通さなければならない足袋、庶民の生活の悲哀と生きる力を詠っている。

一九〇八年（明治四十一年）兵庫県・神戸市生まれ。本名・竹治。一九二三年（大正十二年）から作句。番傘同人だったのが、後「ふあうすと」同人となり、前号の一狂を竹二に替える。一九六二年（昭和三十七年）逝去。享年五十四。

〃伝統川柳の五七五定型は、不必要なほどの間（ま）、不必要なほどの助詞が、実は必要な味、或は雰囲気をつくっていると思います〃と定型を守り抜く。

生れても死んでも時刻告げられる

川上　大輪
（川柳総合雑誌「オール川柳」）

愛妻・富湖《とみこ》を失ったのは二〇〇〇年（平成十二年）一月のこと。この年に川柳総合雑誌の「オール川柳大賞」を受賞したのが、この作品。富湖の川柳愛が受賞へと導いたのかも知れない。富湖が二年前の一九九八年（平成十年）に同賞を受賞している。夫婦受賞ということになる。

この句は富湖の臨終の時刻を機械的に告げられた空しさが脳裏に刻みこまれたのであろう。人間の生と死が時刻という無機質の中で処理されてしまう悲しさ。そして好むと好まざるとに拘わらず現実を知らされたのである。

一九四七年（昭和二十二年）生まれ。一九七〇年（昭和四十五年）義父・大矢十郎の勧めで川柳を始める。現在川柳塔わかやま吟社同人、川柳塔社同人。

川柳の中の想

Omoi

馬鹿な子はやれず賢い子もやれず

小田　夢路
（川柳誌「番傘」）

一九二三年（大正十二年）主宰していた「はこやなぎ」を廃刊し、番傘川柳社を夢路宅に移した。そして岸本水府の片腕として川柳の振興発展に尽した。

この句は、一九二四年（大正十三年）作。なんの衒いもなく吐き出した一句で、人間の心証に即し、真情を美しく表した句である。

〃私は私のための宗教である川柳と共に生きる〃と叫んだひと言が、柳壇に夢路の存在を大きくした。家庭・酒・女・芝居・旅に、社会のあらゆるものが夢路の柳魂にふれると、その句は大衆の中へ息吹となって無限に広がっていく。

一八九三年（明治二十六年）広島市生まれ。一九四五年（昭和二十年）原爆被爆死。

その愚痴は里の母にもある覚え

金子　呑風（遺句文集「篭妻居」）

一九七五年（昭和五十年）頃の作。一九一四年（大正三年）中学時代に川柳を始める。同好六名と川柳瓢会《ひさごかい》を発足、後に上田六文銭川柳社と改め、川柳「六文銭」を創刊。一九二八年（昭和三年）長野美すゞ吟社の前身、柳華会《りゅうかかい》を創立。長野県柳壇の基礎を確立する。

この句は、なんの変哲もなく、淀みなく詠っているが、読めば読むほど味がでてくる。父に苦労した母の愚痴を、子供心に痛いほど胸に刻まれていたことが、まさしく妻から同じ愚痴を聞くのであった。奇に走らず、新しさを求めず、人情の機微に触れた句といえよう。一八九五年（明治二十八年）長野県上田市生まれ。一九七九年（昭和五十四年）没。

叱られて物置小屋で子は眠る

竹嶋　史
（句集「あい愛あい」）

川柳は過去の感動を発掘するものであるといわれている。男の子であれば誰しもが経験しているのではないだろうか。親の言うことをきかず、我を張ったばっかりにお仕置きを食ってしまう。物置の中で泣き喚き叫んでも許してくれなかった両親。疲れ果てて藁の上に寝っ転がり、そのまま寝てしまった。母が許しに来た時は、夢の中であった。まさしく川柳は記憶の再生であり、心の詩である。

一九九九年（平成十一年）七十四歳の時の作。旅行エッセイスト。一九九五年（平成七年）弘前川柳・蒼の会入門。十年前に愛妻を失い、惜別の念を句集「あい愛あい」に綴って第三集まで上梓する。青森県五所川原市在住。

死んだ子が好きだった犬今朝も来る

早川　右近
（「ハマの川柳人たち」）

横浜柳壇の創設者であり指導者。一九二〇年（大正九年）川柳に手を染める。その後、井上剣花坊、川上三太郎、高木角恋坊らの指導のもと、川柳誌「柿」、「桂馬」、「川柳地帯」などに関係する。一九五一年（昭和二十六年）川柳黒潮吟社を興し、主幹となる。横浜川柳懇話会会長、横浜文芸懇話会会長など歴任。一八九六年（明治二十九年）生まれ。一九六九年（昭和四十四年）逝去。

この句は、ペットブームの今日では理解に苦しむが、野良犬を可愛がった少年との愛情物語である。おそらく結核で早逝した少年を慕って、名もない犬が毎朝訪れてくる。その悲しげな瞳が絵となって描かれている。

何も無い故郷なのに駅を降り

福田一二三
（全日本川柳大会作品）

二〇〇〇年（平成十二年）六月十一日に東京・日本青年会館で催された第二十四回全日本川柳東京大会の川柳大賞受賞作品である。事前投句者一三三〇名、当日出席者七三五名で、全集句数約二万九千句の中の優秀作品である。

故郷とは、心の隅から離れることの出来ないことを素直に詠っている。「何も無い」と詠った裏には村の貧しさを秘めており、その村を捨てて都会に出た自分自身を戒めているのである。しかし、忘れることの出来ないのは故郷の温かさ。人間の真の心を捉えた作品と言えよう。ちなみにこの句は課題「ゼロ」斎藤大雄選の特選句である。

うつむいて黙っているも義理のうち

近江　砂人
（「作品集抄録」）

一九〇八年（明治四十一年）大阪生まれ。一九二五年（大正十四年）十九歳から作句。一九二八年（昭和三年）大阪の川柳「番傘」の同人になってから近江砂人と号した。本名は夷佐一《えびすさいち》で、近江というのは夷を分解して大弓、それをしゃれてオーミとし、佐一も砂人ともじっている。

昭和四十年代の作。砂人の主張する佳吟とは一読明快でなければならないという、その言葉通りの作風である。大法螺を吹いている友人、それを指摘してしまえばせっかくいい気になっているものを裏切ることになる。せめて黙っていてやるのが友情というもの。川柳ならではの心情句である。

晩年、日本川柳協会設立に尽力する。

俺に似よ俺に似るなと子を思ひ

麻生　路郎
（句集「麻生路郎」）

麻生路郎の代表作。一九二六年（大正十五年）七月作。戦後の川柳界の六巨頭の一人で、大阪「川柳雑誌」主宰。一九三六年（昭和十一年）、川柳職業人を宣言、川柳雑誌社を個人的経営とする。川柳とは〃人の肺腑を衝く十七音字中心の人間陶冶の詩である〃と主張し、作品と行動で示してくれた。

この句は、どこの親でも同じ思いであろうことを十七音字に示してくれた。俺のように働き者で、かあちゃん思いで、男っぽい人間になれよ。しかし、俺のように大酒飲みにはなるなよと自戒した句である。何でもない事を何でもなく詠って、そして味がある。そこに川柳の真の姿がある。

わざわざの客をいたわる粉吹雪

清水冬眠子
（句集「樽」）

冬眠子《とうみんし》は一九二〇年（大正九年）、二十歳の時から川柳作句を始める。その後隆盛を誇っていた新興川柳「氷原」と訣別、伝統川柳の牙城を守る。そして小樽柳壇の礎石を築く。東京の川柳きやり吟社の社人として活躍、中央柳壇との連携を図る。

この句は、軽いタッチの中にも風土性が沁みこんでおり、道産子でなければ描くことのできない深さをもっている。「粉吹雪」は寒中を表現したもので、厳寒の中を訪ねてくれたことに対するいたわりと喜びが秘められている。

最初の北海道新聞の読者時事川柳の選者であり、多くのマスコミ柳壇を育成した。また、初代の北海道川柳連盟会長でもあった。

國の母生れた文を抱あるき

古川柳（柳初・8）

一七六五年（明和二年）作。前句は「いさみこそすれ〳〵」。母娘の血の絆をいっそう強くした句。

江戸から届いた安産を知らせてきた手紙。それを近所に知らせにいくのであろう。あたかも孫を抱くように手紙を胸で持っている姿が絵になっている。前句が「いさみこそすれ〳〵」なので小躍りしている様子がうかがわれる。初孫なのであろう、まだ若いおばあちゃんのいきいきした下駄の音が聞こえそうである。「文を抱」と詠ったところに川柳の味がある。

すさんだ現代社会の親子関係に、味わって欲しい一句である。

あまだれを手へ受けさせて泣きやませ

古川柳
（柳三・26）

小説家・正宗白鳥が絶賛した古川柳。この句の前句「あぶなかりけり〳〵」を切り離して解釈してはいけない。

江戸時代、女の子は十二、三歳になると行儀見習と称して、子守りに出されたものである。火のついたように泣く赤子を十二、三歳の子がどうしてあやせばいいのだろう。どうしようもない、その気持ちを句から読み取らなければいけない。前句の「あぶなかりけり」は、ご主人からの雷が落ちるのを意味している。雨の外へ出て赤子の手に雨だれを受けさせてやる。その冷たさは赤子の生理作用を刺激して泣き止ませたのである。そのときの子守りの安堵感が句のポイントである。

とりあえず味方になる気ノックする

寺尾　俊平
（寺尾俊平句集）

全国を飛び回って現代川柳の無頼派を自任していた達吟家。岡山に在住しながら東京の川上三太郎の門を叩いた異色作家でもある。

一九二五年（大正十四年）東京生まれ。親の転任で岡山に移り晩年まで過す。

一九九九年（平成十一年）岡山にて没す。

〝川柳はそれぞれの人生の哀歓をうたうと同時に、失いつつある日本語の美しさを継承する〟と言い、〝人間同志が楽しく美しく生きていく〟ことをモットーにしていた。

この句は激論の果て別れ離れになった友を慰めにいくシーンである。酔うと人なつこくなる人柄が句から滲み出ている。私もその恩恵を蒙った一人である。

永遠に母は駈けてる音である

西來　みわ
（句文集「風車」）

〝カタコト、カタコト、母の風車がまわります。あれは母の下駄の音です。サワサワと風がなります。母の自転車の音です。その母の風車を私は追いつづけます。働きつづけ、駈けつづけた母の風車を、だから書かなければなりませんでした〟とあとがきにある。

一九三〇年（昭和五年）長野県生まれ。

一九五三年（昭和二十八年）川上三太郎の川柳に出合い、師事。現在、東京の川柳研究社代表。〝川柳に行き詰まったらお母さんのことを思いなさい〟と川上三太郎から指導を受け、それから今もなお、母を詠い続ける。この句は一九八五年（昭和六十年）頃の作。

母親はもったいないがだましよい

古川柳

（柳初・35）

一七六三年（宝暦十三年）頃の作。前句は「気を付けにけり〳〵」。古川柳に詠われている母親像は、母親の甘さ、子を思う気持ち、そして息子の最大の協力者として捉えられている句が多い。しかし、現代世相の親子像と一脈通じるところがある。

この句は母親から騙し取った金を懐に入れて歓楽街に遊びに行くことを暗示している。句に「もったいない」と詠ったのは、拝み倒す姿を描いており、子供がこのような姿をしたら気をつけなければいけないことを前句で説明している。江戸幕府が崩壊しようとしている享楽の時代の母親像と、現代の母親像に何処か似ているところがあるのではないだろうか。

聞き分けて寝た子へ不甲斐なさを詫び

佐藤　鶯渓
（句集「ひとりごと」）

旭川川柳社の創設者・敦賀《つるが》谷《や》夢楽《むらく》の片腕として、後に主幹として旭川柳壇を隆盛に導いた一人。また晩年は北海道柳壇の大番頭として、その牽引力は強かった。

一九〇六年（明治三十九年）旭川郊外東旭川町生まれ。二〇〇二年（平成十四年）四月一日旭川にて没。享年九十六。生粋の旭川っ子である。

戦中まで理髪業を経営、戦争の煽りを食って転業。職を変えること十数回。苦労の中での子育て記をそのまま句に託している。何かせびられたのであろうか。お金があれば買ってあげたい。そんな気持ちを押さえて子を寝かせた親の気持ちが痛々しく描かれている。〃川柳は大半が自分の生活記録〃と述懐する。

仲直り待ってる風が寝間に居る

北川志津子
（「風のまち応募句集」）

第九回風のまち川柳選者特別賞受賞作品。二〇〇一年（平成十三年）作。作者は埼玉県大留町出身、静岡県金谷町在住。一九二八年（昭和三年）生まれ。

この句は夫婦の物語と解釈したい。結婚してから何年になるのだろう。そして何回口争いをしたことだろう。ときには一週間も口をきかなかったことだってある。心では許していても、済まないと思っていても、そのきっかけをつかむことができない。「寝間」という夫婦が一緒になるところ、そこで待っている気持ちが痛々しく伝わってくる。

川柳は心のドラマである。それを「寝間」という舞台で繰り広げてくれた。

牛が笑う家族が笑う無の世界

小西　幹斉
（句集「にんげん」）

牛と川柳に取り組んで二十数年、川柳界では一つのテーマと取り組む異色作家として注目を浴びている。六十一歳から川柳に手を染めたのであるから、決して早いほうではない。しかし、天賦の才能は〃関西柳界に幹斉あり〃の盛名をゆるぎないものにした。この作品は平成十年頃の作。他にも、

売られると解った牛は乳を出す
円高も知らずに牛の乳が張る

など一貫して牛の川柳に取り組んでいる。一九一九年（大正八年）生まれ。この句は堺市の自宅の門前に句碑として足跡を残している。生活のための牛から始まった川柳。これからも牛と〃にんげん〃との対話が続くであろう。

地方紙に美談みつけた宿の朝

磯野いさむ
(『川柳全集』)

日本一の発行部数を誇る大阪の「川柳番傘」本社の第五代目主幹。就任したのは一九八二年(昭和五十七年)。六巨頭の一人で〃本格川柳〃を唱えた岸本水府(第二代目主幹)の愛弟子である。

この句は、本格川柳の真髄でもある軽味の世界を詠い尽くしている。句の裏には中央紙では取り上げられることのない地方紙ならではの記事を見つけたときの喜びと安らぎが詠われている。一九七六年(昭和五十一年)作。

一九一八年(大正七年)大阪市北区に生まれた生粋の浪速っ子。一九三五年(昭和十年)、「川柳番傘」を知り入会、以来今日に至る。万年文学青年として川柳一筋に生きる。

かみなりをまねて腹かけやっとさせ

古川柳
（柳初・1）

古川柳の中での名作の一つ。誰もができそうで、そしてできない。その上、飽きることのない趣きをもっている。この句の前句は「こわい事かな〳〵」で雷さんにおへそを取られる様子を詠っている。「腹かけ」とは、五月人形の金太郎がしているような、子供の腹を被うもので、冷やさぬために着けている。

この句には、季節と場所があり、そして人間がいる。名句の要素を満たしている。即ち、「雷」で夏の暑い日を詠い、「やっと」で子供を捕まえた乳母か祖母を捉え、裸で逃げ回る子供で、家の中の居間であることを想定させている。十七音字の妙味を駆使した句である。

一七五九年（宝暦九年）頃の作。

お袋はただこっくりを願って居

古川柳
（柳三・35）

一七六四年（明和元年）頃の作。「誹風柳多留拾遺《はいふうやなぎだるしゅうい》」（三篇31）にも同じ句が載っている。この句の前句は「まめな事かな〳〵」で、前句をつけてこの句を鑑賞するといろいろな意味に解釈されて面白い。

「こっくり」とは、ぽっくり死のことである。いつも早く死にたい、早くお迎えが来て欲しいといいながら健康には人一倍気を遣っているお袋である。三食の膳が待ち遠しく、食欲も旺盛、近所の噂を拾ってきては楽しんでいる。そして嫁の前だけは、早くお迎えがきて欲しいなどと気の弱さを披瀝している。

老人介護保険、老人医療費の値上げなど現代世相に一脈通じる句である。

南無女房乳を飲ませに化けて来い

古川柳
（拾三・13）

出典の（拾三・13）とあるのは正しくは「誹風柳多留拾遺」といって、一七九七年（寛政九年）から一七九八年（寛政十年）に出版されたもの。この句集は春、夏、秋、冬、賀、離別、旅、恋、哀傷などのように類題別になっており、この句は哀傷の項に載っている。前句は「思ふて見ればかわゆくもあり」。

女房に先立たれた亭主が、乳呑児とともに置き去りにされ、途方に暮れている様子を詠っている。古川柳の哀傷句には、ペーソスとユーモアを織り成した句が多い。「おい女房」とあるべきところを「南無女房」と呼びかけ、「化けて来い」と成仏したものを普段の言葉で呼びかけたところに可笑味がある。

はじまりは風がめくった一ページ

住友　泰子
（川柳「風物語」）

青森県蟹田町主催の第十回・風のまち川柳大賞受賞作品。全国から寄せられた八七〇八句の応募の中から、町民投票によって決定した最優秀句。住友泰子は山口県下関市在住。二十代より川柳を始める。川柳歴十余年。二児の母親。

二〇〇二年（平成十四年）十月、蟹田町駅前に句碑を建立。〃おこがましくも、あの太宰治の碑と同じ風を受けることになった我が句が、この町の一員として、新しいページをめくってくれるなんて、何と光栄な事だろう〃と喜びを述べる。

すんなりと詠ったこの句の中には、平易、共有、喜びという大衆文芸としての三要素が含まれている。二〇〇二年（平成十四年）作。

転んだら声かけられる街が好き

柳谷たかお
（川柳「おかじょうき」）

風のまち川柳広場二〇〇二年大会の宿題「転」の天位の作品。現代川柳界における一つの作品傾向を示している。この句の裏には、都市砂漠を風刺し、人間愛に欠けた現代社会に警鐘を鳴らしている。転んだら、まず声をかけ、そして手を差し伸べてやる。人間として当然の行為であるが、それすらできなくなってしまったことを嘆かなければならない。

川柳は、作る前に、まず人間を好きにならなければならない。なぜなら川柳は人間を主題に詠うからである。この根本理念を衒いもなく詠ったところにこの句の価値がある。

作者は東津軽郡蟹田町役場の職員である。

三年振手のない父に抱かれて寝

竹久幽冥路
（日刊平民新聞）

画家・竹久夢二の川柳。一九〇七年（明治四十年）作。数え二十四歳、画家として世に認められる直前の寄稿家時代、風刺絵とともに、短歌、付句、俳句、川柳など合計二四一句を残している。

この句が作られたのは日露戦争が終結して一年半後にあたる。日露戦争は一九〇四年（明治三十七年）二月開戦、翌年五月の日本海開戦勝利を経て、九月五日ポーツマス講和条約調印、十六日休戦成立。その後一年半たっても街中には傷痍軍人が溢れていた。その状景を捉えた反戦句だ。当時の挿絵に相応しい句である。

一八八四年（明治十七年）岡山県生まれ。一九三四年（昭和九年）信州富士見の高原にて逝去。

川柳の中の己

Onore

貧しさもあまりの果ては笑ひ合ひ

吉川雉子郎
（『伝記吉川英治』）

小説家吉川英治の川柳作家時代の作品。一九二一年（大正十年）頃の作。一九一二年（大正元年）井上剣花坊主宰の機関誌「大正川柳」の編集幹事となる。以後約十年間は川柳活動の最盛期であった。その後、毎夕新聞に「親鸞記」を連載、小説家の道を歩む。この作品は、どん底時代の辛苦から生み出たもので、なんの衒いもなくすんなりと詠っている。貧の底まで落ちたときの悲しさは、悲しんでいるうちはまだ余裕があるもので、それを通り越してしまうと笑いとなって生命が燃焼することを物語っている。

戦後、日本柳壇の陰の力として支援。川柳界にとって忘れられない存在である。

人生に苦はなし思うだけのこと

冨士野鞍馬
（句集「人生譜」）

この句は題詠「達磨」によって作句したもので、作者の人生観をそのまま詠ったものと思われる。作句年代不詳。

人生は水の如くに過ぎた過去
人生の除幕鬘とモーニング

本名・安之助。一八九五年（明治二十八年）京都市生まれ。一九七七年（昭和五十二年）老衰のため逝去。享年八十一。一九一六年（大正五年）台湾時代に紫川柳会を創立、後に久良伎社幹事同人となる。終戦後は東京番傘川柳会会長、「川柳東京」を発行。また各川柳誌に古川柳をテーマとした読み物を寄稿、古川柳の鞍馬として知られる。

金のみが味方となって老い一人

直江　武骨
（句集「歩み」）

北海道川柳史に残る川柳作家の一人。一に健康、二に家庭、三に川柳と金科玉条の如く唱え、多くの川柳人に愛された。

本名・清次。一八九九年（明治三十二年）小樽市生まれ。一九二〇年（大正九年）北樺太出兵中に川柳を始める。東京・川柳きやり吟社社人、小樽川柳社主幹、北海道川柳連盟会長などを歴任。一九八二年（昭和五十七年）小樽にて没。

この句は一九六七年（昭和四十二年）頃の作。世の中の冷ややかさ、人間関係の薄っぺらさ、孤に戻る自分の姿を詠う。

金までが信用できなくなってしまった現代。作者が生きていたら何と詠うであろうか。

今死ぬと言うのにしゃれも言えもせず

食満　南北
（「川柳太平記」）

本名・貞二。一八八〇年（明治十三年）堺市生まれ。一九五七年（昭和三十二年）没。享年七十六。

この句は時世の句。川柳界の陰の立役者として、大阪の川柳人に愛され、番傘川柳社の岸本水府に、生涯の恩人といわしめた人物である。

南北は、村上浪六《なみろく》を通じて東京歌舞伎座田村成義のもとに入り、福地桜痴の門で作者修業。のちに初代中村鴈治郎の座付作者として永く大阪劇界に活躍した。その人柄の魅力は、円満洒脱な人情家という持ち前の性格もさりながら、その奇行ぶりも派手であった。また転居癖があり八十回を数えた。

真夜中に酒さめ果てていた孤独

佐藤　正敏
（句集「ひとりの道」）

一九一三年（大正二年）東京生まれの生粋の江戸っ子。よく飲みよく唄い豪放磊落な性格は、若い川柳人に慕われた。最初は一匹狼として川柳界を渡り歩いていたが、最後は川上三太郎を慕い川柳研究社の代表も務めた。

この作品は、一九五五年（昭和三十年）代の作。ひたすら酒を愛した人間の裏面を飽くことなく詠い尽している。言いたいことをズバズバ言わせた酒の力、その酒の力を失った時の孤独感、やるせなさが夜の底から湧いて来る。その虚しさは、ひたすら酒を愛した者でなければ詠うことができないであろう。

二〇〇〇年（平成十二年）十月五日、東京にて逝去。享年八十八。

良い人であった左遷の人送り

石坂　千鳥
（遺句集「淀む人生」）

川柳に手を染めたのは遅く、四十歳を過ぎてからであった。当時の北海日日新聞柳壇に投句をしたのが始まり。しかし、その後の川柳界での活躍が目覚しく、道庁職員であったため留萌へ転勤、留萌川柳社の礎石を造る。一九六三年（昭和三十八年）稚内に転任するや、宗谷川柳社を創立、初代主幹となる。一九七二年（昭和四十七年）胃癌のため逝去。〈此処に来て早や二十年一位の実〉の句碑が旭川の自宅の庭に建立。

この作品は一九七〇年（昭和四十五年）作。転勤族としての哀歓を余すところなく詠い尽くしている。酒好きで、滅法お人よしの人間像が句の裏に描かれている。

戦争も知ってる恋も知っている

柴田　午朗
（句集「仙丹を」）

現日本川柳界での作句者としての最長寿者。一九〇六年（明治三十九年）島根県生まれ。〃昨年六月、私は軽い脳梗塞となり、身体不自由となった。それまで出席していた一、二の句会もやめ、投句のみの生活となった〃と句集のあとがきにはある。

一九二九年（昭和四年）大阪の番傘川柳本社同人になっているので、川柳歴も古い。一九四五年（昭和二十年）に郷里である母里村の村長を歴任。現在も月の三分の一はヘルパーの手助けで母里村で男一人の生活をしている。

男性も女性もいらぬ九十六歳

〃毎日驚くほど沢山の句が出来る。ただ年寄りの句ばかり〃と独白する。

ぬぎすててうちが一番よいという

岸本 水府
（「水府川柳集」）

川柳界最大の川柳雑誌「番傘」二代目主幹。今日の隆盛の礎石を築いた。そして〝伝統川柳に現代の思い〟を入れた〝本格川柳〟を提唱、水府川柳を確立した。本名・龍郎。一八九二年（明治二十五年）三重県鳥羽市生まれ。十七歳のころ水府丸の号にて川柳を始める。一九六五年（昭和四十年）胃癌のため逝去。享年七十三。日本川柳界六巨頭の一人。

この作品は一九四二年（昭和十七年）作。なんでもないことをなんでもなく詠い、そして味がある。いわゆる軽味の境地に達した水府川柳の真髄といえよう。一九二九年（昭和四年）、実質的なプロ川柳作家となる。

立ちどまるまいとする僕の足である

根岸 川柳
（句集「考える葦」）

一七五七年（宝暦七年）柄井《からい》八右衛門《はちえもん》が初代川柳を呼称してから、川柳という雅号に嗣号制が敷かれ、現在の十五世脇屋未完子まで続いている。根岸みだ六は十三世伊藤静丸の発意と十二世小森碧柳舎《へきりゅうしゃ》の後援で十四世を嗣号。柳風狂句判者心得の允可を受ける。

一九五四年（昭和二十九年）頃から既成の狂句から脱却して個性的作風に変化していく。この作品は「オーソドックスなものに興味をもたず手垢のついたものには何の魅力も感じない」といって現状離脱を宣言した、そんな川柳的生き方をそのまま素直に句に托したものである。一八八八年（明治二十一年）東京生まれ。一九七七年（昭和五十二年）胃癌で逝去。

酒徒の瞳に巷の雪は右ひだり

北　夢之助
（北夢之助句集）

札幌の北海中学在学時代から北海タイムス紙（現道新）などへ川柳を投稿。一九一七年（大正六年）神尾三休を盟主とする川柳誌「アツシ」創刊と同時に参画、最年少の同人となる。その後、樺太へ渡り、樺太川柳社を創立して、〃川柳は樺太から〃といきまいた時代もあった。

この作品は戦後の作。黙々と酒を友とし愛し通した人生観からこぼれ落ちた句。かならず別れなければならない無常感を「右ひだり」と表現したのである。「酒徒」はもちろん作者のことであるが、酒を愛したものの瞳でなければ、また雪を知っているものの心でなければ、生まれて来ない句である。

再生紙わたしの昭和史をつつむ

佐藤　容子
（「連盟だより」）

二〇〇一年（平成十三年）度、北海道川柳大会においての北海道知事賞受賞作品。一九四七年（昭和二十二年）室蘭生まれ。

一九六九年（昭和四十四年）から川柳を始める。現在、伊達市に在住、札幌川柳社を舞台に活躍。

この句は、お役所の書類、封筒、そして郵便はがきなどにあえて記してある「再生紙」の小さなマーク。省エネに参加していることを誇張している。戦後の不況、神武景気、省エネ時代、バブル、そしてバブル崩壊による不況と、まさしく戦後史のなかで生きてきた一人の女性の記録として、二十一世紀へ川柳によって残そうとしている作品である。

あきらめて歩けば月も歩き出し

小林不浪人
（句集「みちのく」）

大正から昭和へかけての作家で、酒と女の句を得意とした。野人であり、善人であり、飾り気がなく、言いたいことをいうその性格には敵も多かった。

一九二九年（昭和四年）、青森と函館を結ぶための海峡親善川柳大会の青森側の主催者で、第六回まで続ける。

この句は晩年の作。伝統川柳の粋をいくもので、心理的深さを飽くことなく表現している。誰もわかり、このくらいの作品なら作れそうだと思わせるところに名作としての要素がある。

黒石市中野神社に句碑を建立。一八九二年（明治二十五年）青森県南津軽郡黒石町生まれ。一九五四年（昭和二十九年）黒石町で没す。享年六十一。

腹立ちて黙せば春も静か過ぎ

大谷五花村

（句集「竹の光」）

一八九一年（明治二十四年）福島県西白河郡五箇村（現白河市）生まれ。家業は酒造業で五箇村村長を務め、一九三九年（昭和十四年）から一九四五年（昭和二十年）まで貴族院議員でもあった。

中学時代、新聞「日本」の川柳欄に投句したのが川柳の始まり。白河吟社を創立、新川柳の普及発展に努め、新世代に適応すべく東北川柳社を興し、地方柳界の発展に尽した。

この句は一九五三年（昭和二十八年）頃の作。終始主唱していた〝俳詩〟の境地を拓かんとした秀作。川柳的な表現「腹立ちて黙せば」というのに対し、俳味を盛った「春も静か過ぎ」とを取り合わせた五花村川柳である。

いい人のままで定年きてしまい

塩見　草映
（句集「遊心」）

長かった地方公務員を退くときの述懐の句。愛媛県の川柳まつやま吟社会長で、真・情・美を川柳理念とする現代川柳作家。公務員経験者ばかりでなく、サラリーマンであれば誰しもが共感を覚えることであろう。また、作者の実感句だけに、作品に嘆きを匂わせながら、実はほっとしているのかもしれない。

〝人に迷惑をかけてはいけない〟〝出すぎてはいけない〟〝人より遅れてはいけない〟をモットーに無事勤めあげた公務員生活。本当にいい人であったことには間違いないが、可もなく不可もなく終えようとしている人生。これが本当の人間の生きる姿なのだろうかと思うと、ちょっと寂しい気がするのである。

病人に足袋の汚れを注意され

鈴木　青柳

（句集「凡」）

群雄割拠していた函館柳界をまとめ、今日の隆盛の礎となった。一九二九年（昭和四年）函館新聞柳壇に投稿したのが川柳活動の始まり。一九〇八年（明治四十一年）函館市青柳町生まれ。二〇〇〇年（平成十二年）同所にて没す。享年九十三。

この句は昭和五十年代の作。白一色に包まれた病室から見た足袋の汚れ、病人としての神経が伺われる。東京の川柳きやり吟社の社人として、伝統川柳の牙城を守り、定型川柳の真髄を貫き通した。〃細く永く〃を結社運営のモットーとして、一九五一年（昭和二十六年）、第二次「川柳はこだて」を発行以来、現在も継承されている。

すでに遠きまなざし独り蜜柑むく

田辺 幻樹

（遺句抄「燊光」）

本名・田辺清司。一九〇八年（明治四十一年）東京・神田生まれ。文部省会計課に勤務。川柳を始めたのは昭和六、七年頃。川上三太郎の川柳研究社幹事として編集を担当。三太郎との師弟愛は篤く、詩性派作家として活躍。自宅で高円寺句談会を開くなどして若手作家の育成に尽力。また他社同人との交流に努めた。一九四四年（昭和十九年）没。

この句は、晩年の作で、肺結核と闘い、悩み苦しむ自分の姿を心象的に描いている。死と対峙するより死の彼方を見つめている心の奥の奥を詠わんとしている。

句作生活十年は長いとは言えないが、詩性派として濃密な燃焼を遂げている。

雪国に生れ無口に馴らされる

浜　夢助
（句集「雪国」）

東北柳壇の先達。本名・浜喜三郎。一八九〇年（明治二十三年）仙台市生まれ。十代から俳句、川柳、短歌、俚諺《りげん》、都々逸など雑誌に投稿。二十三歳のとき井上剣花坊の門下となり「大正川柳」に出句。剣花坊を師と仰ぐ。戦争によって中断された東北川柳を再興。

この句は、当時の江戸趣味とは異なり、川柳の風土性を捉えた東北人でなければ詠えない境地を開拓。閉鎖的、内向的、農耕的な生活からの風土川柳を確立した。風雪が濾過した東北人独特の人間像が描かれている。

一九五〇年（昭和二十五年）刊行の句集「雪国」所収。一九六〇年（昭和三十五年）第二句集「をぐるま」の刊行を見届けて逝去。享年七十。

目を閉じて灰色もよき色のうち

後藤蝶五郎
（川柳誌「ねぶた」）

青森県の川柳誌「みちのく」吟社を主宰した小林不浪人《ふろうにん》の片腕として活躍。不浪人亡き後、川柳誌「ねぶた」を創刊。彼の声望と作風を慕う川柳人たちが集まってきた。〝青森県にねぶたあり、ねぶたあるところに蝶五郎あり〟と評価され、その重厚、沈痛な骨格、正攻法的な句風に魅力があった。

東京の川柳が持つ粋、通、あるいは軽妙さはないが、その逆とも言える重さ、生活の陰影さからくる深さが、風土から培ったものとして評価された。

一八九九年（明治三十二年）青森県黒石町生まれ。本名・長五郎。一九五九年（昭和三十四年）逝去。この作品は辞世の句となった。

川柳の中の景

Nagame

牡丹雪牛のまつ毛の上に消え

安川久留美

（「現代川柳の鑑賞」）

一八九二年（明治二十五年）一月一日、石川県金沢市生まれ。質商、古物商ののち新聞記者。十八歳から作句。一九一九年（大正八年）北都川柳社を創立、「礎《いしずえ》」についで「百万石」を発行。北陸川柳界の指導者として全国に知られた。北海道に赴き札幌の神尾三休らとも交友があった。

この句は一九五三年（昭和二十八年）頃の作。柳俳無差別論を唱えた作者らしい世界を捉えている。自然の中の雪を人間の生命として詠っているところに川柳味がある。また、酒禅一味を唱え、晩年は酒を求めて放浪生活に終った。一九五七年（昭和三十二年）心不全のため逝去。享年六十五。

乙女来て真白き犬を草に放つ

岡橋　宣介
（句集「詠ふ人々」）

本名・留蔵。一八九七年（明治三十年）和歌山県新宮市生まれ。一九七九年（昭和五十四年）逝去。享年八十一。職業は弁理士。

一九三三年（昭和八年）から川柳を始めたが、「破壷《はこ》」を知り、新興俳句の理念に共鳴、日野草城に師事、俳誌「旗艦《きかん》」の同人となる。戦後翻然と川柳に還る。一九四九年（昭和二十四年）川柳誌「せんば」を創刊。〝リアリティを失わないロマンチシズム〟を標榜する。

この作品は一九四九年（昭和二十四年）作。感性的に捉えた句で、「乙女」と「白」と「犬」と「草」とがとてもよい調べとなって一句のなかで躍動している。感性の世界を現代川柳に取り入れた代表句といえよう。

写真展特選になる屋根の石

三好　半角
（句集「凍原」）

本名・茂一。一八八三年（明治十六年）生まれ。一九五七年（昭和三十二年）没。北見川柳社の創設者。一九五三年（昭和二十八年）、新聞柳壇より北見地方の投稿者作品を中心にガリ版で「おほつく」を発行、無料配布して川柳人に呼びかけ、北見川柳オホーツク会を発足。北見地方に川柳の呱々の声をあげる。現在の北見川柳社（主幹・辻晩穂）の「川柳オホーツク」へと継続していく。

この句の作句年代不詳。オホーツク海から吹き寄せてくる風にさらされた貧しい漁村の風景写真が特選という栄誉ある賞の陰に、日本の貧しさを象徴している。栄誉より貧しさに焦点を合わせたところに川柳眼がある。

伐採に放つ谺は戻れない

渡邊　妥夫
（「川柳春秋」）

二〇〇二年（平成十四年）第十六回ＮＨＫ学園全国川柳大会大賞作品。一九三五年（昭和十年）東京・神田生まれ。一九九九年（平成十一年）自主活動としてひたちなか川柳会を設立、現在に至る。

この作品は課題「放つ」の特選句。現代社会への警鐘というよりも地球消滅への叫びといってもいい。樹齢何百年という樹木を人間のエゴはあっというまに切り倒してしまう。そのときに響き渡る木魂、破滅のカウントダウンだ。それを誰が取り戻せると言うのだ。これほど残酷にして、哀しい句はない。人類は今、自分の手によって地球を破壊しているのだ。この一句は、世界の隅々まで発信すべきである。

元日の町はまばらに夜が明ける

古川柳
（柳三〇・1）

一八〇四年（文化元年）頃の作。この句の前句は未考。江戸時代の庶民の正月風景を描いているが、その後、約二百年たった現在でもそう変りがないことに気がつく。

大晦日は夜遅くまで賑わっていた店も、元日は休みなので朝早くから起きなければならないということもない。あちこちの家でぽつぽつ雨戸を開け始める。なかには早く起きて初日を拝み家族そろって雑煮を祝う家もある。

一年を通じて、庶民がこのように不揃いな起き方をするのは、元旦だけであろう。

ひとつの詩ひとつの風とめぐり逢う

前川千津子
（川柳ふあうすと）

一九七九年（昭和五十四年）度のふあうすと川柳社の最優秀年間受賞作である。風を心象的に捉え、それを川柳化するようになったのは最近の傾向である。

この「ひとつの詩」は作者の夢、そしてロマンである。「ひとつの風」は彩であり、香であり、物語である。この句の余韻が、これからのドラマを構成しようとしている。

風は、目で見ることが出来ない。それだけにちょっとした微風にも、敏感になり、その先待っている運命を予感し、いま何をすべきかを教えてくれる。ある時は孤独であり、ある時は多情であり、ある時は無常美となって、ロマンを与えてくれるのが風である。

贅沢な色で新茶が飯を染め

榎田　竹林

（句集「鰹」）

榎田竹林の本名は桂太郎。一八九八年（明治三十一年）静岡市生まれ。一九七四年（昭和四十九年）静岡市にて没。享年七十六。作句年代は不明だが昭和四十年頃の作と思われる。一九二五年（大正十四年）静岡川柳会を興し、多くの新人を育成。静岡川柳界隆盛の基礎を固める。

この句は、色と匂いと生活が巧みに織り成されており、思わず唾液が食欲を呼び覚ましそうになる。誰もが知るお茶漬けの味、しかもお茶の名産地駿河路での作品だけに、読者を引きつけ、頷かせるものがある。日本人のみが知る、日本の味を、日本の川柳で捉えたのであるから、歴史のなかの名作といえよう。

荒縄をほぐすと藁のあたたかさ

後藤 柳允
（遺句集「餘香」）

青森県を代表する川柳家。本名・後藤柳悦《りゅうえつ》。

一九二九年（昭和四年）青森県黒石市生まれ。東北川柳界の先駆者であり指導者であった後藤蝶五郎の長男。幼少から川柳に親しみ、十七歳のころから川上三太郎に師事、父の没後は黒石川柳社の主幹となる。

この句は津軽の風土の中から涌き出るようにして生まれた作品。昭和五十年代頃の作。津軽の冬は寒くて長い。収穫が済むと雪との戦いがはじまる。その中で手作業で作る藁一本からの物語がこの句にある。荒縄を解きほぐして別の用途にあてる。そのとき藁の芯から伝わって来る温もりは綯った人の生きてきた息吹となって伝わってくるのである。

下り切った凧に瞼を閉ぢる空

尾山夜半杖
（川柳誌「氷原」）

新興川柳誌「氷原」第十六号所収。一九二五年（大正十四年）作。本名・留太郎。一八八八年（明治二十一年）国後島泊村生まれ。一九一七年（大正六年）神尾三休らと札幌アツシ会を創立、川柳誌「アツシ」を創刊、その編集兼発行人兼印刷人となり、北海道柳壇の礎石を築く。一九三四年（昭和九年）没。

この句は、凧上げをしているときの真剣な眼差しを、写実的に詠わず、空の瞼が閉じたと、感性的に捉えたところに、詩性味がある。

一九二三年（大正十二年）に北海道で初めての川柳句集「雪つぶて」を刊行。その他「全国川柳名句番附集」なども刊行。北海道ばかりでなく日本川柳界に生涯を捧げた。

積み上げた薪の蔭からどっと冬

島田雅楽王
（「振興川柳選集」）

一九二九年（昭和四年）作。一九二四年（大正十三年）井上信子らと沈鐘会《ちんしょうかい》を創立、新興川柳の論理的確立に努めた。晩年は樺太に渡り、大泊駅長、鉄道課長などを歴任し、北夢之助とともに樺太川柳の発展に寄与した。

この句は、昔、冬支度のため秋口から薪を斬り、割り、家の壁のところに高く積み上げ、ひと冬分を保持したものであった。いつ冬が来てもいいぞという満足感と、また長い冬がやってくるという憂鬱感が句から伝わってくる。冬と薪と太陽とによる心の襞をとらえている。

一九四二年（昭和十七年）静岡にて没す。

明け方の月ひっそりと消えてゆく

白石朝太郎
（川柳誌「柳都」）

絶句であろうか、その後の作品がみえない。

〝荒野の花、路傍の花、山峡の花、いずれも季節を待って精一杯咲いて、散ってゆく。これが自然というものだが、それが出来ないのは人間だけである〟と添えてある。一九七四年（昭和四十九年）作。

川柳中興の祖・井上剣花坊の「大正川柳」そして「川柳人」の編集を担当。剣花坊の片腕として、戦前の川柳の発展に寄与した。また吉川英治の代作などもしたが、その秘めたる文才を世に問うことなく終った。

一八九三年（明治二十六年）東京市生まれ。一九七四年（昭和四十九年）福島市で逝去。戒名を拒否し、安達太良山の裾野に眠る。

辻斬りを見ておはします石地蔵

古川柳（柳初・25）

この句の前句は「くたびれにけり〳〵」である。「石地蔵」とは地蔵菩薩のことで、慈悲深い仏様である。それが新刀の試し斬りか、金欲しさからか、通りがかりの者を無差別に斬り付ける凶刃沙汰。それをただ見ているより仕方がない石造りの身の悲しみを嘆いている。「石地蔵」と「辻斬り」を巧に組み合わせて、崩壊しようとしている江戸幕府の武士の姿を描こうとした句である。

不況のどん底にあえぐ現代世相。その中で毎日のように起きている強盗、そして無差別殺人。どこか江戸幕府が崩壊しようとする姿に似ている。笑って読める句ではない。

一七六二年（宝暦十二年）頃の作。

川柳の中の人

Hito

人間を掴めば風が手にのこり

田中五呂八
（川柳誌「氷原」）

昭和四年の作。生命主義を唱えた円熟期の作品で、〈足があるから人間に嘘がある〉とともに代表作とされている。

人間とは何ぞやを追求していった五呂八の生命主義において、その真髄に達した作品といえよう。いがみあい、闘いあい、そして苦しみあってきた人間。五呂八は川柳を通じて悟りのようなものを掴んだのである。しょせん人間は宇宙という大自然のなかでは一陣の風にも劣る、無に等しいものであることを詠っている。

小樽において新興川柳運動を展開し、全国柳界に川柳の芸術性、詩性を主唱した。新興川柳の祖として歴史に残っている。

転がったとこに住みつく石一つ

大石　鶴子
（川柳句文集）

川柳中興の祖・井上剣花坊の愛娘。父の遺業の柳樽寺川柳会を継ぐ。一九七七年(昭和五十二年)、第一回全日本川柳大会にて日本川柳協会大賞を受賞した作品。人生を穿った句。路傍に転がった石は、何年もまえから、そこに住みついたような顔をして置かれている。流転した人生も同じで過去を語ることなく、ずうーっとそこに住みついていたように平和な顔をしている。まさしく人間は石ころと同じなのかも知れない。この句の裏には波瀾万丈の人生が秘められている。

一九九九年（平成十一年）五月逝去。享年九十二。

この足で踏んだ歴史の古い疵

余命表怠けることも生きる道

孤独地蔵花ちりぬるを手に受けず

川上三太郎

（句集「孤独地蔵」）

この道をゆくこと／いよいよ／深ければ／われは／いよいよ／孤独なりという独白を添えた連作「孤独地蔵」七句の最初の句。川柳一筋に生きた偽らざる気持ちを表出したものである。

「孤独地蔵」とは、作者その人を現わしている。人間〃孤〃になれば自然に戻るであろうことを捉えた人間探求詩である。自然の恵みによって咲いた花、そして風と和し、自然の条理に従って散っていく花びら、それを自然のなかの〃孤〃の人間は、手に受けることなく、自然の地に戻したのである。人間川上三太郎の行き着いたところの作品である。

一九六一年（昭和三十六年）四月「川柳研究」に発表。

仏ただにこやかに居る恐ろしさ

西島〇丸

（句集「〇丸帖」）

東京西念寺の住職だった西島〇丸《れいがん》が仏の道に仕えるものとして、人間の真の姿をとらえたものである。多情仏心の境地をそのままうたうことのできるのは密壇に座した住職でなければ生まれてこないであろう。

第三者的に眺めた作品でなく、仏と対座した人間の醜さ、そして弱さがうかがわれる。心の一瞬の動きをみごとに映像化した作品である。一九三四年（昭和九年）頃の作。

〇丸は、一九〇七年（明治四十年）、布教僧として小樽に上陸、留萌に居住していたことがある。北海道柳壇の揺籃期には、東京の柳樽寺川柳会の同人であったため、中央柳界の息吹をもって北海道柳壇の礎石を築いてくれた。

儀式のなかで本物は死者ひとり

定金　冬二
（句集「無双」）

現代川柳の旗手。多くの現代川柳作家たちが慕って集まる。一九七四年（昭和四十九年）作。〈死者百句にんげん百句のど仏〉の連作の中の一句。

死人から死者、即ち死んだ者になって生きている人間を見つめようとしている。いわゆる見るものが見られているという理念から作句している。

この句は、大勢が集まる葬式のなかで本当に口惜しく悲しいのは棺に納まっている死者だけで、あとは義理の顔ばかりであることを詠っている。一九九九年（平成十一年）没。

死人から死者になる華やかなる荒野
死者は最後に水を欲しがりはせぬ

天井へ壁へ心へ鳴る一時

川上 日車
（「新興川柳詩集」）

一九二三年（大正十二年）作。十六歳のとき大阪日報柳壇に投句。親交のあった小島六厘坊《ろくりんぼう》より一つ年長であることから七厘坊《しちりんぼう》と柳号をつける。川柳に熱中したため中学校を落第、父親から川柳を厳禁されたため、七厘坊を日車《ひぐるま》と改めた。

この句は、真夜中の〝ボーン〟という一つの音を川柳化し、詩化し、ドラマ化している。音ひとつを意識のなかに置くと、そこに生命が宿り、自分の存在感が働きはじめる。たった一つの音によって、過去と未来を結び自己愛のための葛藤が続くのである。

当時の川柳には無かった人間の重量感を詠い尽くしている。

キリストの握りこぼした闇を這う

高木夢二郎
（新興川柳三人句集）

一九三六年（昭和十一年）作。名古屋に生まれたが七歳のとき北海道に渡り、四十年間教鞭をとり、僻地教育に尽力。八雲町野田生小中学校などを歴任。一九七四年（昭和四十九年）勲五等瑞宝章を授与される。

この作品は、新興川柳の極意ともいう〝闇〟をあつかったもので、晩年まで終始保ちつづけた批判精神の真髄ともいえる句である。神に召し、神の加護のもとに、そして神の子として生きてきたのに、なぜ闇を這わなければならないのだろう。大正末期から昭和初期の不況時代の悲しい憤りの句である。

晩年、東京の「川柳人」の編集長となり井上剣花坊の遺産を守りつづける。

人間に哲学があり糞があり

緋の衣着れば浮世が惜しくなり

古川柳
（柳初・4）

一七六四年（明和元年）頃の作。「緋の衣」は、位の高い僧が身にまとうことのできる緋色の法衣。浮世を捨てて墨染めの衣の坊さんとなって修業に明け暮れ、やっと手にすることの出来た緋の衣。浮世に未練がなかったはずの修業時代。功成り名遂げて出世すると、かえって地位や名誉や権勢に執着心が生じてくる。

この句の前句は「とうよくな事〳〵」で、人間の貪欲さが主題である。高僧を罵倒しているというのではなく、人間の弱さを暴露した句といえよう。川柳でしか詠うことのできない人間臭さを内に秘めている。

現代でも伺い知る一句といえよう。

澄み切ったいのち抜けたり針の穴

渡辺　尺蠖
（「新興川柳選集」）

一八九二年（明治二十五年）新潟県生まれ。大正初期、東京柳樽寺川柳会の同人となり、爾来評論、創作に活躍六十余年に及ぶ。一九二四年（大正十三年）沈鐘会創立に参加、新川柳研究に取り組む。当時は生命神秘主義をとり現実派と対決する。

この句は、心理的空間を捉えた作品である。ひとつの心の動きは、そこに脈打つ生命によって感じられるもので、その瞬間を川柳にしたものである。「針の穴」を通過した一本の糸、それは人間が通したことによって、その糸に生命が宿ることを捉えている。〃川柳は自己探求に依る発掘の直感的表現〃と言う。一九八〇年（昭和五十五年）没。

花生けて己れ一人の座に悟る

村田周魚
（『川柳全集①』）

本名・泰助。俳号・輝月《きげつ》、暁雪《ぎょうせつ》。一八八九年（明治二十二年）東京市下谷生まれ。祖父、父ともに俳人であったため、俳味をもった作品が多い。川柳きやり吟社の主幹。川柳誌「きやり」の全盛時代に伝統川柳を浸透、きやり調の作風を謳歌させた時代があった。一九六七年（昭和四十二年）没。これは辞世の句。

この作品、自然からお借りしてきた一輪の花を生ける心は自然のなかに己れのをおかなければ、その美しさを見つけることはできない。一輪の花、一人の人間、そして花のもつ語らいは、人生そのものであることを詠っている。俳句の血をひいた作家が、俳味を川柳作品に織り成して完成した句といえよう。

盃を挙げて天下は廻りもち

天の網逃げられるだけ逃げてみる

神尾　三休
（川柳誌「アッシ」）

北海道川柳界の草分け的存在。一九一〇年（明治四十三年）竹原狂羊《きょうよう》、佐々木藻美路《もみろ》らと川柳の会合をもち作句に励む。一九一三年（大正二年）札幌川柳会に参画、指導的立場となる。翌年北海道最初の川柳誌「仔態」の発刊に尽力。そして札幌アツシ会を結成、その盟主となる。一九一八年（大正七年）作。

この作品は、今までの江戸趣味だった川柳から目覚め、逃れることの出来ない運命を、人間の本能として、俗物の願いとして、逃げ切ろうとしている様子を捉えている。

北海道庁農事試験場に勤務。退官後は大野町に永住、農業を営む。一冊の句集も無く、句碑もない。一九五三年（昭和二十八年）没。

人の世というは石にも表裏

橘高　薫風
（「川柳句集」）

二〇〇一年（平成十三年）作。関西の川柳三大結社の一つ川柳塔社名誉主幹。創設者麻生路郎に師事。同社四代目主幹を務める。その後、このたび次世代へ譲って名誉主幹となる。一九二六年（大正十五年）大阪府豊中市生まれ。恩師麻生路郎の〝川柳は人間陶冶の詩である〟の遺志を継ぎ、薫風川柳を確立する。〝川柳は穿ちだ。心理や権利をうがち、生活と人情をうがち、恋や感性、死までもうがつ〟を川柳の真髄とした。

二〇〇一年（平成十三年）、春の叙勲で木杯一組台付きを賜与される。〝私は、川柳を食べているお蔭で七十五歳まで長生きできた〟と粋人振りを発揮している。

枯木には枯木の好きな鳥が寄り

村山　白雲
（句集「微光微塵」）

本名・兵太郎。一九二二年（大正十一年）秋田市生まれ。一九四五年（昭和二十年）から胸膜炎、腎臓結核、脊髄カリエスのため療養生活を続ける。そのとき川上三太郎を知り川柳の道に入る。

この句は、療養生活の中から生まれたもので、身体に相応しい生き方をすることが、わが人生であることを語っている。一九五八年（昭和三十三年）頃の作。自宅の庭に句碑を建立。

〃川柳は滑稽であるとされているようだが、私の声、叫びも見方によっては滑稽なのかもしれない〃と自戒している。一九六六年（昭和四十一年）秋田市にて杉川柳会を主宰。川柳誌「杉」を発行。現在は休刊している。

樹の上に人間がいて下駄があり

梠元　紋太
（「川柳の群像」）

川柳の定義のうちの一つ、川柳は人間であるを主唱した。〃私は気軽に川柳に入り楽しく作句していたのであるが、だんだんむずかしくなり前のように面白さがなくなった。あせるに似た気持ちからか、それとも産み月でもきていたのか、ふっと川柳は人間であるという答えが生まれた。案外安産だった。私は独自に川柳は人間であると決めてから大変気が楽になった〃と言う。

この句は「樹の上」に下駄を履いていない裸足の人間。そこに〃川柳は人間である〃を力説しようとしたのである。

一八九〇年（明治二十三年）神戸市生まれ。一九七〇年（昭和四十五年）神戸市にて没す。

絶壁の水が経読む観世音

前田　伍健

（「川柳太平記」）

愛媛県下の伍健句碑十二基のうちの一つに収められている。一九五〇年（昭和二十五年）伊予三島市に建立。一八八九年（明治二十二年）高松市生まれ。一九六〇年（昭和三十五年）松山市で没す。

お座敷芸野球拳の創始者。またラジオの角力川柳吟の草案者でもある。

この句は、絶壁から流れ落ちる水、その水音がお経を読んでいるようにとめどもなく続いている。森の中に座している観世音がそのお経を読んでいるようでもある。それを静かに聞きいる木々、木の葉、そして大地、自然と人間と仏が一句のなかで一体となっている。川柳を越え、行き尽きるところまできた短詩、その粋を衝いた作品といえよう。

重ね着をばらりと脱げば人臭き

川村 花菱
（句集「ねぶた雑子」）

一八八四年（明治十七年）東京市牛込区生まれ。一九五四年（昭和二十九年）没。享年八十。劇作家。

川柳を阪井久良伎に学び、久良伎社の同人となる。一九二〇年（大正九年）伊東夜叉郎《やしゃろう》が川柳詩社を創立するや、今井卯木《うぼく》、篠原春雨《はるさめ》らと参画。古典研究に精力的に携わり、古句への造詣が深い。一九二五年（大正十四年）「萬朝報《よろずちょうほう》」に連載した「誹諧武玉川《むたまがわ》私解」は好文。一に言葉、二に言葉の重要性を説く。

この句は作句年代不詳。「ばらり」という言葉に、状態、時間的流れ、疲れといったものが含まれている。「人臭き」は虚飾を脱ぎ捨てた真の人間の姿が想像できる。

本書は北海道新聞に平成十二年九月から平成十五年四月まで「川柳うたの心」として連載したものに加筆したものです。

あとがき

川柳といえば古川柳、そして最近のサラリーマン川柳が川柳であると思っている人達があまりにも多いのに驚く。何かの折りに真の「川柳」について知らせる機会がないものかと思っていたときに、北海道新聞社からコラム欄の連載を依頼された。こんな嬉しいことはないし、好機に恵まれたこともない。早速に執筆計画をたて、原稿の桝目を埋めていった。

一般読者を引きつけながら現代川柳を紹介するばかりでなく、北海道の地元の新聞であるがゆえに、北海道の川柳の歴史を作品によって紹介しようと思った。また、誰もが知っている古川柳については現代の社会情勢と絡み合わせることで、川柳の心を知らせることができるのではないかと思った。そこで川柳を古川柳、伝統川柳、革新川柳と大別し、さらに、家庭川柳、世相川柳、私川柳、ユーモア川柳、風土川柳、哲学川柳、詩川柳、情念川柳、自由律川柳などと細分類して、バラエティーに富んだ方法で書き進めていった。

残念ながら途中で紙面の改革があったために中断となってしまったが、もう少し書き進めていたら一冊に纏めたいと思っていた。そんな思いを新葉館の「川柳マガジン」編集長の齊藤大輔氏に話したら加筆して出版してはとの話になった。そこで原稿をそっくり雨宮朋子編集員のところに送って内容を分類してもらった。それが目次にあるような分類となったのである。そして加筆の部分を指摘してもらった。

この形で校正ゲラを読み進んでいくと、執筆当時とは違った意外な発見があった。一ページ四百字以内という短い文章であるため、舌足らずの部分が目についたが、それを目次のように一束に分類すると、人間とは、を再認識する結果を生み出すことができたのである。その中で時代とともに移り変わっていく心と時代を越えても変わらない人間の心があることを知ることができたのである。

川柳とは机に向かって眉間に皺を寄せて読むものではなく、電車のなかで、人を待つとき、職場での昼休みに、ソファーで足を伸ばしながら読むものだと思っている。そして一句に対して憤りを感じたり、涙をこぼしてしまったり、笑いこけたりするものだとおもっている。そんな川柳の本があればと常に思っていたことが、この本によってある程度満足できたような気がしている。

この本の編集途中にはからずも春の叙勲・旭日双光章を受章することになった。そこで急遽、祝賀会の記念にと、編集、印刷、製本に無理をいう結果になってしまった。そのすべての作業をしてくれた雨宮朋子編集員に負担をかける結果となってしまったのである。申しわけなく思っている。最後に私の無理を押し通してくれたことに雨宮朋子編集員並びに新葉館出版のスタッフ一同に満腔の敬意と謝意を表すものである。

平成十六年六月

札幌・詩碧洞にて

斎藤大雄

【著者略歴】

斎藤　大雄（さいとう・だいゆう）

1933年札幌市生まれ。
現在・札幌川柳社主幹。北海道川柳連盟会長。日本川柳ペンクラブ副会長。（社）全日本川柳協会常務理事。
著書・句集「根」（共著・昭39）、「川柳講座」（昭41）、柳文集「雪やなぎ」（昭46）、句集「喜怒哀楽」（昭49）、句集「逃げ水」（昭54）、「北海道川柳史」（昭54）、「現代川柳入門」（昭54）、柳文集「北の座標」（昭58）、「川柳の世界」（昭59）、句集「刻の砂」（昭60）、「川柳のたのしさ」（昭62）、「残像百句」（昭63）、「斎藤大雄句集」（平3）、「情念句」（平4）、「川柳ポケット辞典」（平7）、「現代川柳ノート」（平8）、「情念の世界」（平10）、「斎藤大雄川柳選集・冬のソネット」（平11）、「川柳入門はじめのはじめのまたはじめ」（平11）、「選者のこころ」（平13）、「川柳はチャップリン」（平13）、「斎藤大雄川柳句集　春うらら雪のんの」（平14）、「川柳入門はじめのはじめのまたはじめ（改訂復刻版）」（平15）、「現代川柳のこころとかたち」（平15）、「田中五呂八の川柳と詩論」（平15）。

名句に学ぶ 川柳うたのこころ

○

平成16年 6 月 27日　初版第1刷

著　者

斎　藤　　大　雄

発行人

松　岡　　恭　子

発行所

新　葉　館　出　版

大阪市東成区玉津1丁目9-16 4F　〒537-0023
TEL06-4259-3777　FAX06-4259-3888
http://shinyokan.ne.jp　E-Mail　info@shinyokan.ne.jp

印刷所

FREE　PLAN

○

定価はカバーに表示してあります。

ISBN4-86044-230-X